윤태규 창작동화

초대 받은 마술사

초대받은 마술사

초판1쇄 펴냄 | 2012년 6월 25일
초판2쇄 펴냄 | 2013년 7월 30일

글 | 윤태규
그림 | 임연기
편집 | 여연화
디자인 | 인디나인
펴낸이 | 정낙묵
펴낸 곳 | 도서출판 고인돌
주소 | 경기도 파주시 교하읍 문발리 617-12 1층 우편번호 413-832
전화 | (031) 943-2152
전송 | (031) 943-2153
손전화 | 010-2261-2654
전자우편 | goindol08@hanmail.net
인쇄 | (주) 미래프린팅
출판등록 | 제 406-2008-000009호

값 12,000원
ISBN 978-89-94372-41-9 74810
ISBN 978-89-94372-20-4 (세트)

「이 도서의 국립중앙도서관 출판시도서목록(CIP)은 e-CIP 홈페이지
(http://www.nl.go.kr/cip.php)에서 이용하실 수 있습니다.
(CIP제어번호: CIP2012002693」

윤태규 창작동화

초대 받은 마술사

윤태규 지음 | 임연기 그림

고인돌

차례

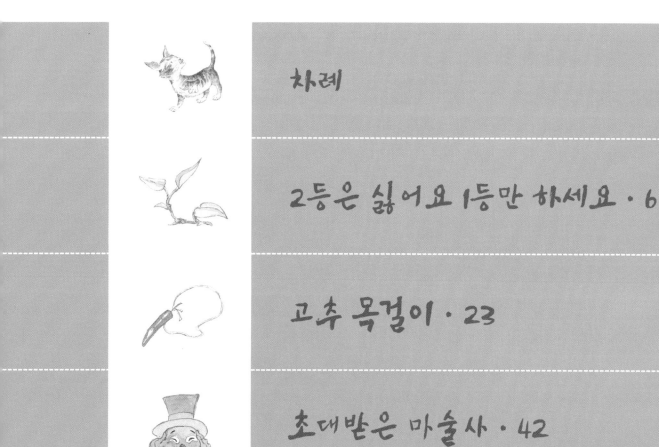

2등은 싫어요 1등만 하세요

"야, 자슥들아! 사람이 이 세상에 태어났으면 1등을 해야지. 시시하게 2등이 뭐야. 2등 하려면 차라리……."

나는 캭 넘어가는 줄 알았습니다. 세상에 어찌 그런 선생님이 다 있는지 모르겠습니다. 만나는 첫날 다짜고짜 사람을 이처럼 주눅이 들게 할 수 있단 말입니까? 2등 하려면 차라리 어쩌라는 말인가요? '죽는 게 낫다.' 설마 이런 말은 아니길 바라지만 자꾸만 그 말이 떠올라요. 말이 나왔으니 말이지 2등은 어디 쉬운 일인가요? 우리 반만 해도 32명 가운데 2등 뒤에 30명이나 있잖아요. 그 아이들이 받을 상처 눈곱만큼이라도 생각했다면 그런 말 쉽게 못

할 겁니다. 아니 '2등 하려면 차라리…….' 했으니까 우리 반 32명 가운데 1등 한 사람만 남겨두고 모조리 다 어찌 되어 버리란 말이네요. 참으로 기가 막힙니다. 더 기가 막힐 노릇은 그 뒤에 이어지는 말이었습니다.

"야, 자슥들아, 너희들이 이 세상에 태어나기 위해서 얼마나 높은 경쟁률을 뚫고 당당히 1등 했는지 알아? 성교육 받았어? 안 받았어? 1억이 넘는 정자들과 경쟁을 뚫고 당당하게 어머니 난자와 결합해서 태어난 거야. 그런데 뭐 겨우 삼십 몇 명과 경쟁을 해서 2등 하고, 3등 하고, 4등 하고……. 에라 자슥들아."

'에라 자슥들아' 할 때는 정말이지 우리를 깔보는 듯한 그런 눈초리였다니까요. 그리고 왜 말끝마다 '자슥들아' 입니까? 우리가 어디 선생님 아들이나 딸이라도 된다는 말입니까? 5학년이면 우리도 꽤 컸다고요. 조선 시대였다면 시집 장가갈 나이라고 하대요. 이제 겨우 첫 발령 받은 새파란 선생님이 말입니다. 총각 선생님이 온다고 좋아했던 게 큰 잘못이란 걸 이제야 깨닫게 되네요. 아기를 기르기 위해 육아휴직을 하면서 우리와 헤어지게 되었다고

섭섭해하던 정다영 선생님이 보고 싶어지네요. 거기다가 왜 성교육 이야기를 하나요? 생뚱맞잖아요. 정자 난자 이야기를 보건 선생님한테 들을 때는 호기심을 가지고 재미있게 들었는데, 새로 담임이 된 박성욱 선생님한테 들으니까 반발심만 생기네요.

"정미야, 우리 이젠 죽었다. 세상에 2등도 짐승만 못하다니 말이야."

집으로 돌아가면서 지혜가 볼 안에 불만을 가득 담아서 나에게 한 말입니다. 지혜는 '차라리' 뒤에 들어갈 말을 '짐승만 못하다'는 말로 생각했던 모양입니다.

"2등 하려면 차라리 꼴찌 하는 게 낫겠다는 말이 다 뭐야. 2등이 어때서 그래? 나는 2등이라도 한 번 해 보면 소원이 없겠다."

뒤따라오던 성원이가 끼어들었습니다. 성원이는 말줄임표에 '꼴찌 하는 게 낫겠다'는 말을 넣어서 생각했던 모양입니다.

헤어질 때까지 오늘 새로 온 박성욱 선생님 욕만 실컷 해 댔습니다.

그래도 얼굴은 미남형이다, 목소리가 좋다, 키가 크다, 잘 웃더라, 와 같은 좋은 말도 간혹 나오기는 했지만 험담 속에 다 묻혀 버렸습니다. 얼마나 미웠으면 성원이는 자기 이름 '성' 자와 같은 글자가 있다고 기분 나쁘다고까지 했겠습니까.

"이제 오니? 얼른 씻고 간식 먹고 영어 학원 가거라. 엄마는 모임 바빠서 나간다. 학원 가서 한눈팔지 말고 공부 열심히 해. 5학년 2학기에도 3등은 놓치지 말아야지. 안 그래? 어디를 가서도 10퍼센트 안에는 들어가야 사람 행세 하는 거야. 알았지?"

"3등? 10퍼센트? 그 지겨운 소리도 오늘만은 구원의 소리로 들리네요. 고맙게 생각할 테니까 저 신경 쓰지 말고 모임에나 가세요."

나는 소파에 몸을 던지다시피 털썩 앉았습니다.

"뭐? 구원의 소리로 들린다고? 그게 무슨 말이고? 그리고 왜 그렇게 힘이 하나도 없어. 늙은이처럼 말이야."

"그럼 내가 힘이 나게 생겼어요? 새로 온 선생님은 우리 마귀할멈과 아주 찰떡궁합이 되겠네요."

마귀할멈은 정미가 어머니에게 붙여준 별명입니다. 듣기 싫은 잔소리를 하거나 공부하라고 닦달을 할 때에 톡 쏘듯이 그렇게 부릅니다.

"너 선생님, 새로 오신다고 했지? 그래 어떻든?"

모임 시간이 바쁘다던 어머니가 정미 곁에 바싹 붙어 앉았습니다.

"말도 마. 뭐라고 그랬는지 아세요? 공부 1등 못하는 인간은 사람 축에도 못 낀다고 했단 말이에요. 그러니 마귀할멈과 찰떡궁합이다, 이 말입니다."

"요게 말끝마다 마귀할멈 마귀할멈이야. 너거 선생님 참 잘 만났다. 그래, 이번에는 공부 한번 제대로 시키려나 보다. 그것참 듣던 중 반가운 소식이다."

어머니 얼굴이 갑자기 환해지는 게 아니겠어요. 같은 것을 두고 어찌 어머니와 딸이 이렇게도 180도 다를 수 있는지요.

"저러니까 찰떡궁합이지. 찰떡궁합!"

나는 자리에서 발딱 일어나서 내 방으로 들어가 버렸어요.

거기 더 앉아있다 보면 내 입에서 마귀할멈이라는 말이 자꾸만 튀어나올 것만 같아서였지요. 그렇게 되면 꾸중이 마구 날아들 게 뻔하지요. 어쩌면 꿀밤 한 대까지 덤으로 얹어서요. 그건 내게 하나도 득 될 게 없거든요.

"까불지 말고, 학원에나 늦지 않도록 해. 가서 공부 열심히 하고."

내가 방에 들어가지 않았더라도 학원 가라는 말과 공부 열심히 하라는 말이 나오면 이야기 끝입니다. 어머니는 이야기를 얼른 끝맺고 싶을 때나 할 말이 궁할 때 어김없이 이 말을 들이대니까요.

내가 그 1등이라는 말에 큰 충격을 받기는 받은 모양입니다. 그 물귀신 같은 1등이 꿈속에까지 나타났으니까 말입니다.

세상이 모두 1밖에 없었어요. 학교 건물 앞에 커다란 시계가 걸렸는데 숫자가 1밖에 없었어요. 한 시간이 지나도 1시고, 두 시간이 지나도 여전히 1시였어요. 그래서 운동장에서 아이들과 놀다가 집에 가는 시간을 놓쳐 버렸어요. 운동장이 갑자기 캄캄해졌어요. 그래도 역시 1시였어요. 무서워서 마구 집으로 달려갔어요. 그런데 어디가 우리 아파트인지 도무지 알 수가 없었어요. 그 많은 아파트가 모두 1동이라고 씌어 있었기 때문입니다. 어찌어찌해서 겨우 찾았지만 이번에는 층도 찾을 수 없었고, 호실도 찾을 수 없었어요. 한 층을 올라가도 1층이었고, 또 한 층을 올라가도 1층뿐이었어요. 그리고 모두가 1호였어요. 엘리베이터 타는 곳에 씌어 있는 층 표시 숫자도 모두가 1뿐이었어요. 배가 고프고 다리가 아팠어요. 아파트 계단에 털썩 주저앉고 말았어요. 무서웠어요. 어디선가 '흐흐흐흐' 기분 나쁜 귀신 웃음소리가 들렸어요. 무서워서 눈을 꼭 감았어요. 귀신 웃음소리는 점점 더 크게 들렸어요. 도저히 눈을 뜰 수가 없었어요. 그렇지만 감고 있을 수만도 없었어요. 가만히 살짝 떠 봤어요. 아, 그런데 이게 어찌 된 일입니까? 아파트 문에 1호라고 씌어 있던 그 숫자 1이 흐물흐물해지는가 싶더니 무시무시한 괴물로 변하는 게 아니겠습니까? 괴물은 기분 나쁜 웃음소리를 내면서 흘러내리듯이 가까이

오는 것이었어요. 나는 벌떡 일어났어요. 도망을 가야 하니까요. 그렇지만 발이 움직이지 않았어요. 괴물은 자꾸 가까워져 오는데 발은 도무지 움직여지지 않았어요. 한 걸음도 움직일 수가 없었어요. 나는 울음을 터뜨렸어요. 그러다가 잠에서 깨어났어요.

그 뒷날 학교로 가는 발걸음이 가볍지 않았어요. 어제 그 무서운 괴물이 바로 선생님일 거라는 생각이 들었어요. 5-1반 패찰 앞까지 왔어요. 1자를 보니 숨이 탁 멎는 것만 같았어요.

'저놈의 보기 싫은 원수 같은 1자!'

교실에 들어가기가 싫어서 복도에서 하릴없이 머뭇거렸어요. 정말 들어가기 싫었어요.

"정미야 왜? 뭘 잊었어?"

지혜가 반갑게 내 손을 잡으면서 교실로 들어갔어요. 그 바람에 끌리다시피 교실에 들어섰어요.

"어서 오세요. 우리 귀여운 공주님들. 모두 1등 하려고 이렇게 학교로 달려

온 것이겠지요? 그래요. 오늘부터 모두 1등 한번 해 봅시다.”

또 그놈의 1등 타령이네요. 1등이라는 말을 듣는 순간 온몸에 소름이 돋는 듯했어요. 멀쩡하던 머리가 띵해지는 것 같고요. 도대체 ‘모두 1등’ 이라는 게 말이 되는 말입니까? 어떤 모임에서라도 1등은 딱 한 사람뿐이잖아요. 그런데 어떻게 모두가 1등이 될 수 있나요? 그건 ‘둥근 네모’ 나 ‘작은 슈퍼’ 처럼 앞뒤가 전혀 맞지 않는, 말 같지 않은 말입니다. 지혜도 그 말이 듣기 싫은지 얼굴을 잠깐 찡그렸어요.

첫째 시간 국어, 둘째 시간 수학, 셋째 시간 도덕, 넷째 과학 시간 모두 무사히 넘어갔어요. ‘무사히’ 라는 말은 그 듣기 싫은 1등이라는 말을 하지 않고 수업을 마쳤다는 뜻이지요. 1등을 입에 올리지 않은 것만이 아닙니다. 공부를 얼마나 재미있게 가르치시는지 마침종이 아쉬울 정도였어요. 도덕 시간에는 마침 종이 울림과 동시에 모든 아이들이 “아!” 하고 아쉬워하는 외마디 소리를 내기까지 했다니까요. 그놈의 1등이라는 말만 하지 않으면 그런대로 괜찮은 선생님이 틀림없어요. 넷째 시간을 마치고 나서는 선생님을 바라보는 눈빛이 달라졌어요.

"우리 선생님, 정말 멋지다 그치?"

"공부가 이렇게 재미있어 보기는 처음이야."

"웃으시는 모습이 너무 매력적이지 않아?"

"난 말이야. 말하기 공부가 이렇게 쉬운 줄 미처 몰랐다니까."

"그놈의 1등이라는 말만 하지 않으면 정말 좋겠는데 말이야."

"맞아!"

"정말 그래, 나도 그런 생각이 들었어."

다섯째 시간은 실과 시간이었습니다. 실습지에서 잡초를 뽑았지요. 그런데 말입니다. 뜻밖에도 교실이 아닌 실습지에서 그놈의 1등이라는 말이 기어이 튀어나오고 말았습니다.

"자, 보세요. 이 이랑에는 상추가 있고, 저쪽 작은 고랑에는 들깨가 자라고 있어요. 그러니까 상추와 들깨만 남기고 다른 풀은 모두가 잡초니까 뽑아내는 겁니다. 알았지요? 참, 그리고 뽑은 풀은 다른 곳에 버리지 말고 이랑 사이에 놓아두세요. 그게 거름이 되니까요."

선생님이 잡초 몇 포기를 뽑아 보이면서 우리에게 열심히 설명을 했어요.

"선생님, 그러다가 힘들게 뽑은 풀이 다시 살아나면 어쩌려고요?"

지우가 이렇게 물었어요.

"그건 걱정하지 마세요. 이렇게 햇볕이 뜨겁게 내리쬐는데 안 죽고 배기겠어. 뿌리가 있어도 말라 죽을 판에."

"선생님. 바랭이, 강아지풀, 명아주, 방동사니 같은 것은 죽겠지만 달개비 같은 이런 풀은 절대로 안 죽어요. 이놈은 뿌리 부근부터 말라 죽어가다가 마디 어느 곳 조금이라도 살아 있을 때 비라도 내리면 얼씨구 좋구나 하고 대번에 살아나고 말아요. 달개비는 이랑에 두면 안 돼요. 그래서 달개비는 사람이 많이 다니는 길 한복판에 던져 놓아야 한대요."

선생님과 지우의 이야기를 듣고 있던 진섭이가 끼어들었어요. 진섭이는 풀을 하나하나 뽑아 보이면서 말했어요. 우리는 모두 깜짝 놀랐어요. 선생님 역시 놀라는 표정이었어요. 그 많은 풀 이름을 알고 있는 것도 놀라웠지만,

풀이 가지고 있는 특성까지 어쩜 그렇게 잘 알고 있는지요. 우리 모두는 한동안 멍하니 진섭이를 쳐다보기만 했지요.

"대단하다 대단해! 식물 박사님이야, 식물 박사! 정말 놀라운 일이다. 어떻게 그처럼 많이 알고 있니?"

선생님이 벌어진 입을 다물지 못한 채 진섭이에게 물었어요.

"시골에 계시는 할아버지에게 들었어요. 할아버지가 시골에서 농사를 짓고 계시거든요. 그리고 제가 학교 도서관에서 식물도감을 자주 찾아봐요. 식물도감에 나온 풀이나 나무를 산이나 들판에서 찾게 되면 얼마나 반갑다고요."

진섭이가 조금은 멋쩍은 듯이 머리를 긁적거리면서 이야기를 했어요.

"아아, 그랬구나. 그랬어. 그래서 그렇게 식물 박사가 되었구나!"

선생님은 연신 감탄을 하면서 고개를 끄덕였어요.

"진섭아, 이 풀은 뭐니?"

"응 그건 고들빼기라는 거야. 뿌리째 뽑아서 나물로 해먹기도 하지."

"이 풀은?"

"그건 제비꽃이야. 이른 봄에 보라색 예쁜 꽃이 피지."

우리는 너도나도 풀을 뽑아 진섭이 코밑에 바짝 갖다 대고 물어봤어요. 진섭이는 조금도 머뭇거리지 않고 풀 이름이랑 특성까지 말해줬어요.

진섭이는 정말 모르는 풀이 없었습니다.

"그래, 바로 이거다. 진섭이가 식물에 대해서는 1등이다. 1등이야. 내가 2등은 왜 하느냐? 모두가 1등 해라. 그랬잖아. 봐라, 바로 이거란 말이다. 진섭이가 우리 반 1등 1호다. 이제 1등 2호, 1등 3호, 1등 4호……. 1등 32호까지 나오겠지."

'뭣이? 진섭이가 1등이라고?'

나는 진섭이가 1등이라는 말에 흠칫 놀랐습니다. 그전 같으면 그냥 칭찬하는 말이거니 하고 넘어갔겠는데 지금은 그게 아닙니다. 1등이라는 말에 너무

예민해져 있는 게 틀림없습니다. 도무지 진섭이가 1등이라는 선생님 말을 인정할 수가 없었습니다. 진섭이는 시험을 쳐서 한 번도 10등 안에 들어 본 일이 없거든요. 그런데 풀 이름 많이 안다고 1등이라니요.

머리가 복잡했어요. 집으로 돌아오면서 곰곰이 생각해 봤어요.

'1등 1호? 1등 32호? 그렇다면 우리 반 아이들이 모두 1등이 된다는 말이 아닌가? 풀 이름 많이 아는 것도 1등이 된다면 나는 1등 될 게 너무 많다. 《삼국지》 많이 읽은 것으로는 내가 당연 1등이다. 어디 그뿐인가. 우리 반 아이들이 다 인정해 주듯이 옛날이야기 들려주기도 내가 또 1등이다. 또 있다. 좀 부끄러운 것이긴 하지만 1등은 1등이라서 밝혀야겠다. 방귀 마음대로 뀌기다. 뽕뽕 두 번 연달아 소리를 나게 할 수도 있고, 뽀옹 하고 한 번 길게 소리 나게 할 수도 있다. 아이들은 재미있다고 따라다니며 해 보라고 하지만, 어머니가 그런 더러운 짓 하지 말라고 해서 이젠 하지 않는다. 이걸 빼고라도 얼른 생각해도 두 가지다. 그렇다면 우리 반에서 1등은 32호까지 있는 게 아니라 100호가 넘을 수도 있겠다.'

생각은 꼬리를 물었습니다. 그렇지만 많은 생각들이 줄을 이으면서 처음에는 복잡하던 생각들이 이상하게도 정리가 되는 듯했습니다. 내일 학교에 가서 선생님에게 이렇게 말해야겠습니다.

"1등은 우리 반 학생 수와 같은 32호까지만 있는 게 아니라 100호도 넘을 수 있겠네요."

이 말에 선생님이 어떤 대답을 하든 또 이런 말도 해야겠습니다.

"1등이라는 말씀 많이 할수록 우리 선생님은 멋쟁이입니다."

이렇게 말하면 선생님이 어떤 표정을 지을까요? 내일이 기다려졌습니다.

고추 목걸이

할배라는 별명으로 학교 안에 널리 알려진 현수가 괴짜라는 별명을 정식으로 갖게 된 것은 지난 운동회 때였다.

운동회 연습이 한창이던 어느 날, 청량 초등학교 창고 건물 뒤에서는 중요한 회의가 열리고 있었다. 이 회의에는 6학년 남학생 모두가 참석했다. 모두라고 해도 현수, 휘재, 인호, 중훈 이렇게 넷이 전부이다.

"초등학교 마지막 운동회를 뜻있게 보내기 위해서 우리 네 사람이 자원봉사대가 되자, 이 말이야."

두 손을 이리저리 휘저어 가면서 회의를 이끌어 가고 있는 어린이가 바로 현수다.

"자원봉사대? 그게 도대체 뭔데?"

두꺼비 인호가 궁금해 못 견디겠다는 얼굴로 현수를 다그쳤다.

"자원봉사대도 몰라. 올림픽 때 외국 선수들에게……."

똘배 휘재가 말을 받았다.

"인마! 누가 그걸 몰라서 그래? 학교 운동회 하는데 자원봉사대 어쩌고저쩌고 하니 말이지."

"짜아식들아, 그런 게 아니야. 내 말 잘 들어. 너무 성급하게 굴지 말고."

현수는 가방을 뒤적이더니 공책을 한 권 꺼내 들었다. 나머지 세 아이는 머리를 맞대고 현수가 공책에 그려대는 것을 보며 열심히 설명을 들었다.

"그러니까 질서 있는 멋진 운동회를 하기 위해서는 이 방법이 필요하단 말이야. 이때까지 운동회를 한번 생각해 봐. 우리는 규칙과 질서를 잘 지키며 정정당당히 경기했지만, 질서를 깨뜨리고 규칙을 어긴 사람은 모두 어른들이잖아. 난 운동회를 할 때마다 어른들이 규칙을 너무 안 지킨다고 생각해 왔어. 그런데 얼마 전 국어 시간에 선생님으로부터 '바른 생각을 행동으로 옮기는 용기가 진정한 용기'라는 말을 듣고 이것을 결심한 거야."

"말을 빙빙 돌리지 말고 얼른 핵심을 말해 봐."

중훈이 바싹 다가앉으며 관심을 보였다.

"그러니까 응 뭐라고 할까? 축구에서 옐로카드, 레드카드가 있잖아. 그런 것을 만들어서 질서 있는 운동회를 만들어보자, 이 말이야."

"그래서?"

휘재도 다음 말이 궁금한지 현수에게 말을 재촉했다.

"우선 초록 봉투, 빨간 봉투, 노란 봉투를 만드는 거야. 그러고서 초록 봉투에는 경고문과 함께 풋고추 메달을 넣고, 빨간 봉투에는 잘 익은 빨간 고추 메달을 넣지.”

현수는 신이 나서 설명을 해 나갔다.

“그렇게 해서 어쩌자는 거야? 그리고 노란 봉투는 또 어디에 쓰고?”

이번에는 인호가 물었다.

“어쩌긴 어째. 규칙을 어긴 사람에겐 초록 봉투, 정정당당하게 잘 싸운 사람에겐 빨간 봉투를 주는 거지. 그리고 휴지를 함부로 버리는 사람에겐 경고문을 넣은 노란 봉투를 주고.”

“축구에서는 빨간색이 퇴장인데 여기서는 칭찬이란 말이지?”

인호가 고개를 갸우뚱해 보였다.

“축구에서는 그렇지만 우리는 고추잖아. 고추는 빨갛게 익어야 최고 제품이 되는 것이고.”

“그건 좋은데 선생님들이 가만히 놔둘까?”

휘재도 걱정스러운 모양이었다.

"좋은 일을 하는데 설마 못하게 하실까? 한 번 해 보자. 참 재미있겠다."

중훈은 적극 찬성을 하고 나섰다.

"현수야, 너 그러다간 진짜 괴짜라는 소리 듣겠다."

"진짜 괴짜든 가짜 괴짜든, 해 보자. 어때?"

현수가 이렇게 말하면서 인호의 손을 덥석 잡았다.

"좋아!"

"해 보자!"

네 사람은 손을 굳게 잡았다.

이렇게 해서 자원봉사대에 관한 1차 회의는 안건을 만장일치로 통과시키고 끝났다.

여기서 잠깐, 현수가 '괴짜'라는 별명을 얻게 된 맨 처음 사건을 소개하고 자원봉사대 이야기를 계속해야 할 것 같다.

가뭄이 오랫동안 계속되어, 고추 농사로 삶을 꾸려 가는 이곳 청량골 사람들이 하늘만 쳐다보며 한숨을 내쉬던 6월 어느 날 점심시간이었다. 그날은 선생님이 잠깐 볼일이 있어서 아이들끼리만 급식을 해야만 했다.

"니네들 식판 전부 이리로 모아."

현수가 제 식판을 교실 뒤편에 있는 자료대 위에 얹어 놓으면서 소리를 질렀다.

"왜?"

급식을 받던 아이들이 현수를 쳐다보았다. 현수는 자기 급식 밥 위에 숟가락을 거꾸로 푹 꽂았다.

"우리 기우제 지내자. 비 오라고."

장난꾸러기 남자아이들이 모두 급식판을 자료대 위에 올려놓고 현수를 따라 숟가락을 거꾸로 꽂았다.

"인호야, 니는 컵에 물을 부어라. 내가 받아서 자료대 위에 얹어 놓고 절을 할게."

현수는 마치 제사를 지내듯이 컵을 몇 번 빙빙 돌리더니 자료대 위에 얹어

놓고 절을 했다. 휘재, 인호, 중훈도 따라서 절을 했다.

"하느님, 부처님, 공자님, 비를 오게 하소서. 제발 고추 농사 잘되게 단비를 내려 주시옵소서. 고추 농사가 잘되어야 수학여행도 갈 수 있고, 중학교에도 갈 수 있습니다."

현수, 휘재, 인호, 중훈은 두 손을 싹싹 비비면서 자꾸만 중얼거렸다.

이 광경을 보고 있던 여자아이들은 배꼽을 잡고 웃었다.

"쌔쌔, 비가 오도록 해 주소서. 비나이다. 나무아미타불 관세음보살 아멘."

현수는 컵을 들고 물을 여기저기 뿌렸다. 여자아이들이 깔깔거리는 곳에까지 와서 마구 물을 뿌렸다. 여자아이들은 밥을 먹다 말고 물을 피해 교실 여기저기로 도망 다녀야 했다. 물은 책상, 칠판, 교실 뒤의 게시판 할 것 없이 마구 뿌려졌다.

이번에는 여자아이들이 대야에다 물을 떠 와서 남자아이들에게 맞섰다. 교실은 갑자기 물싸움이 벌어져 난장판이 되고 말았다. 물벼락을 맞아 엉엉 소리 내어 우는 여자아이들도 있었다.

“무슨 짓들이야!”

그때 복도를 지나던 교장 선생님이 문을 드르륵 열어 젖혔다.

“모두 복도로 나와 꿇어앉아!”

아이들에게 벌을 세운 교장 선생님은 자료대를 보고 눈이 휘둥그레졌다.

“우리가 기우제를 지내는데 여자애들이 자꾸 웃어서⋯⋯.”

현수가 변명을 했다.

“뭐 기우제? 하하하.”

교장 선생님은 그만 참았던 웃음을 터뜨리고 말았다.

“히히히.”

아이들도 따라 웃었다.

소문은 이 작은 학교에 금세 퍼졌다. 괴짜는 이때 교장 선생님이 붙여 준 별명이다.

자원봉사대 활동 계획을 짜기 위한 2차 회의가 열렸다. 운동회 연습을 마

치고 네 아이가 다시 창고 건물 뒤에 모였다.

"봉투 안에 써넣을 글인데 어떨까?"

현수가 미리 준비해 온 쪽지를 폈다.

"〈경고문〉이라고 쓴 것은 너무 딱딱하다. 어른들 기분이 상해서 그 경고를 지켜 줄까?"

현수가 펴놓은 쪽지를 찬찬히 살피던 인호가 걱정스럽게 말했다.

"나도 그런 생각이 드는데."

휘재도 고개를 갸우뚱했다.

회의는 오랫동안 이어졌다.

긴긴 늦여름 날의 해가 꼬박 넘어갈 때가 되어서야 2차 회의가 끝났다.

2차 회의에서 결정이 된 것은 다음과 같았다.

초록 봉투

① 누구에게 : 경기 규칙을 지키지 않은 사람에게

② 봉투에 들어갈 물건 : 풋고추 메달(목걸이)

③ 봉투를 건네줄 책임자 : 장현수

④ 경고문 내용

아이고 부끄러워라.

나는 규칙을 어겼습니다. 그 벌로 오늘 하루 이 파란 고추 메달을 목에 걸고 다니겠습니다. 아이고 부끄러워라.

빨간 봉투

① 누구에게 : 정정당당히 경기를 한 사람에게

② 봉투에 들어갈 물건 : 빨간 고추 메달(목걸이)

③ 봉투를 건네줄 책임자 : 권휘재

④ 경고문 내용

아이고 자랑스러워라.

나는 정정당당히 경기했습니다. 아이들에게 자랑스럽습니다. 그 상으로 오늘 하루 이 빨간 고추 메달을 목에 걸고 다니겠습니다. 아이고 자랑스러워라.

노란 봉투

① 누구에게 : 쓰레기를 함부로 버리는 사람에게

② 봉투에 들어갈 물건 : 경고문

③ 봉투를 건네줄 책임자 : 김인호, 임중훈

④ 경고문 내용

아이고 힘들어.

운동회 마치고 청소하자면 아이고 힘들어, 쓰레기를 버린 벌로 나는 운동장을 쓸겠습니다. 아이고 힘들어.

봉투 준비는 운동회 전날까지 모두 갖추기로 했다.

드디어 운동회 날이 되었다.

높고 파란 하늘을 수놓은 듯한 만국기 아래서 청량 초등학교 가을 운동회가 시작되었다. 비밀 자원봉사대원 모두는 선생님으로부터 운동회 준비위원으로 뽑혀서 본부석 옆에 마련된 준비자리에 앉아서 정신없이 여기저기 살피고 있었다.

"어이, 현수야. 이러다간 초록 봉투는 한 장도 안 팔리겠다."

착착 질서를 지키며 이루어지는 경기를 보면서 중훈은 심드렁하게 말했다.

"그러면 더 좋지. 우리의 목적이 뭔데?"

현수는 지금 벌어지고 있는 마을별 달리기 경주를 뚫어지게 보면서 말을 받았다.

"명장골 이겨라."

“솔밭마을 이겨라.”

　응원석에서는 아이들과 어른들이 한데 어울려 응원을 했다. 어린이 선수에 이어 마을 청년이 배턴을 이어받았다. 모두 이를 악문 채 마을 이름을 걸고 힘껏 내달았다. 한 사람도 규칙을 어기거나 반칙을 하는 사람이 없었다. 경기가 끝나자마자 휘재가 쏜살같이 운동장으로 뛰어들었다.

휘재로부터 빨간 봉투를 받아 든 사람들은 눈이 둥그레졌다.

"이게 뭐니?"

"상품이 뭐 이러냐?"

"이 속에 무엇이 들었는데?"

모두 한마디씩 하면서 봉투를 북북 찢고 쪽지를 읽었다.

"어어, 고추 아니야?"

"빨간 고추 목걸이네."

"허허허."

어른들은 빨간 고추 목걸이를 목에 걸기도 하고 덜렁덜렁 흔들기도 하면서 껄껄 웃었다.

경기가 한창 무르익자 현수가 바빠지기 시작했다.

공 몰기를 하다가 상대편 공을 멀리 차 버린 면장님이 초록 봉투 1호가 되었다. 배턴을 제자리에서 주고받지 않고 멀리서 던져 준 아랫마을 이장님, 앞서 가는 사람의 허리를 잡아당긴 학부모회 회장님을 비롯한 여러 사람이 현수에게 초록 봉투를 받았다. 출발선에서 신호가 울리기도 전에 먼저 달려 나간 교장 선생님에게도 당연히 초록 봉투를 줬다.

"이게 뭐니?"

"허허, 이것 참."

봉투를 뜯어 읽으신 교장 선생님은 어이없어하면서 풋고추 목걸이를 목에 걸었다. 서로 얼굴만 쳐다보며 망설이던 어른들도 하나, 둘 풋고추 목걸이를 목에 걸었다.

방울 깨기가 끝나고 점심시간이 되자 인호와 중훈이 바빠졌다. 음료수를 마시고 그 깡통과 병을 버리는 사람, 과자 봉지, 비닐 주머니를 버리는 사람이 많았다. 그들에겐 하나같이 노란 봉투를 줬다.

운동회가 끝났다. 교장 선생님이 단상에 올라섰다.

"어린이 여러분, 모두 규칙과 질서를 잘 지키며 정정당당히 경기를 해 주어서 무척 기쁩니다. 그런데, 이 교장이 아주 부끄러운 일을 저지르고 말았습니다. 그래서 벌로 여기 이렇게 덜 익은 풋고추 목걸이를 6학년 남학생으로부터 받았습니다. 아마도 규칙을 잘 지키지 못했으니 풋고추가 햇빛을 받아 빨간 고추가 되듯 빨리 익으라는 뜻 같습니다. 진심으로 여러분에게 사과를 합니다. 그리고 다음 운동회 때는 잘 익은 빨간 고추 목걸이를 걸 수 있도록 하겠습니다. 오늘 보니 우리 청량 초등학교 어린이 88명 모두는 빨간 고추 목걸이를 걸 자격이 있습니다. 우리 모두, 이곳 청량골 특산물인 고추가 빨갛게 익어가듯이 더욱더 알차고 충실하게 익어 가도록 합시다."

"짝짝짝."

교장 선생님의 말씀이 끝나자 운동장은 손뼉소리로 물결쳤다. 현수, 휘재, 인호, 중훈은 더욱 힘차게 손뼉을 쳤다. 무척 기분이 좋았다.

"우리도 아직 덜 익었어."

현수가 이렇게 말하며 풋고추 목걸이를 목에 걸었다. 휘재, 중훈, 인호도 풋고추 목걸이를 목에 걸었다.

"야 이놈들아, 너희들은 빨간 고추야!"

언제 준비하셨는지 교장 선생님이 굵다랗고 빨간 고추 목걸이를 네 아이 목에 걸어 주셨다.

"짝짝짝."

"와아!"

아이들과 어른들이 다 함께 쳐대는 손뼉 소리와 내지르는 함성이 작은 청량골에 메아리쳤다.

초대받은 마술사

작은 공장과 살림집이 한데 어우러져 있는 농공단지 마을에 작은 학교가 있었습니다. 샘골 초등학교입니다. 한 학년이 딱 한 반씩입니다.

6학년 선생님이 오후 1시간 수업을 남겨 놓고 시내로 출장을 갔습니다. 아이들은 제 세상을 만난 듯이 마구 떠들어 댔습니다. 남은 한 시간을 조용히 보내라고 A4 한 장 가득 수학 문제를 내놓고 갔지만 그걸 풀고 있는 아이들은 보이지 않습니다.

"야, 교장 선생님 오신다!"

화장실에 갔던 민재가 재빨리 달려와서 긴급 정보를 알렸습니다. 시끌시

끌하던 교실이 언제 그랬느냐는 듯이 조용해졌습니다. 아이들은 선생님이 내 주고 간 수학 문제를 푸는 척했습니다.

어떤 아이는 오랫동안 문제 풀이를 하고 있었던 것처럼 보이려고 두 손으로 머리를 감싸 쥐고 있습니다. 살짝 곁눈질하면서 말입니다. 동화책을 떡 펼쳐 놓고 읽는 척하는 아이도 있습니다.

"어허, 선생님이 안 계시는데도 어찌 이렇게 조용하남? 역시 우리 6학년은 모범 반이라니까."

교장 선생님이 칭찬을 하면서 교실에 들어섰습니다.

"야호! 교장 선생님 어서 오세요. 오래전부터 기다렸습니다."

학교 전체에서 싱겁이라고 소문이 난 도현이가 벌떡 일어서서 손뼉을 치면서 싱겁을 떨었습니다.

"맞아요. 교장 선생님, 넘넘 많이 기다렸어요."

아이들이 다 같이 입을 모아 외쳤습니다.

교장 선생님은 아이들에게 인기가 아주 좋습니다. 지난번 샘골 재주자랑

잔치를 하고부터는 더더욱 인기가 하늘을 찌릅니다.

샘골 초등학교는 올해도 둥근 달이 둥실 떠오른 밤을 잡아서 샘골 재주자랑잔치를 열었습니다. 밤에 여는 샘골 재주자랑잔치는 샘골 초등학교의 전통입니다. 공장에서 맞벌이하는 학부모님 모두를 잔치에 초대하기 위해 일부러 그렇게 시간을 잡는 것이지요.

운동장에 커다란 무대가 설치되었습니다. 긴 전깃줄을 이어서 불도 환하게 밝혔습니다. 앙증맞은 오색 전깃불은 동화 나라 같은 분위기를 만들어 주었습니다. 무대 가운데는 '샘골 재주자랑잔치'라는 글씨를 큼직하게 써 놓았습니다. 교문 위에도 잔치를 알리는 커다란 펼침막을 내걸었습니다.

저녁이 되자 아이들은 아버지와 어머니 손을 잡고 학교로 모여들었습니다. 학부모가 아닌 마을 어른들도 더러 보였습니다.

자랑잔치는 1학년 귀염둥이의 첫인사부터 시작되었습니다. 합창도 있고, 춤도 있고, 연극도 했습니다. 잔치가 무르익어 갔습니다.

"다음에는 기다리고 기다리던 마술 쇼 시간입니다. 마술사를 이 자리에 모시겠습니다."

사회를 맡은 6학년 학생이 운동장이 쩡쩡 울리도록 큰 소리로 외쳤습니다.

"와아, 와아, 와아!"

"짝짝짝"

아이고 어른이고 손뼉을 치며 소리를 질러 댔습니다.

키가 커다란 사람이 어릿광대 같은 복장을 하고 겅중겅중 뛰어나왔습니다. 얼굴에는 우스꽝스러운 탈을 썼습니다. 마술 쇼에 걸맞은 음악도 흘러나왔습니다.

마술사가 주머니에서 탁구공을 하나 턱 꺼내 높이 쳐들어 보여줍니다. 탁구공을 왼쪽 주먹 위에 살짝 얹어놓습니다. 마술사는 오른손으로 그 탁구공을 들었다 놓았다 하면서 보여주고 또 보여줍니다. 그러더니 오른손으로 그 탁구공을 쥐어 얼른 입안으로 넣어 버렸습니다. 탁구공은 분명히 입속으로 들어갔습니다. 마술사의 양 볼은 탁구공 때문에 불룩해졌습니다. 탁구공이 이리저리 움직이니까 왼쪽 볼이 불룩해졌다가 오른쪽 볼이 불룩해졌다가 합니다. 그러더니 이번에는 탁구공을 목구멍으로 넘겨 버렸습니다. 탁구공이 목에서 배로 내려

간다는 시늉을 했습니다.

그런데 이게 도대체 어찌 된 일입니까? 마술사가 왼손을 똥구멍 부근에 갖다 대고 끄응 하고 힘을 주니까 조금 전에 먹었던 그 탁구공이 쏘옥 튀어나오는 게 아니겠습니까? 목구멍으로 넘어간 탁구공이 놀랍게도 위를 지나고 창자를 지나서 똥구멍으로 톡 튀어나온 것입니다.

"아니 저럴 수가?"

사람들은 모두가 자기 눈을 의심했습니다.

마술사가 탁구공을 코에 갖다 대고 킁킁하더니 똥 구린내가 난다는 표정을 지었습니다. 사람들이 와아 하고 웃었습니다.

마술사가 이번에는 네모난 상자를 하나 들어 보였습니다. 속이 텅 빈 상자입니다. 속에 아무것도 없다는 것을 보여주고 또 보여주고 했습니다. 주머니에서 보자기를 하나 꺼내더니 상자를 덮었습니다. 왼손을 펴서 공중에 있는 기를 모아 보자기 위에 뿌리는 시늉을 몇 번 했습니다. 그러다가 보자기를 얼른 치우고 상자에 손을 집어넣어서 무엇인가를 꺼냅니다. 세상에, 이건 또 뭡니까? 그 텅 빈 상자에서 태극기가 나오고 색 테이프가 끝도 없이 길게 길게 나왔습니다.

"야!"

사람들은 또 소리를 내질렀습니다.

마술사는 이것 말고도 사람들을 놀라게 하는 마술 몇 가지를 더 보여주었습니다. 그런데 줄넘기 마술을 하다가 잘못하여 그만 얼굴을 가렸던 탈이 벗겨지고 말았습니다.

"아니, 교장 선생님?"

"교장 선생님이다. 정말 교장 선생님이다."

앞에 앉았던 몇몇 아이들이 소리를 내질렀습니다.

"아닙니다. 아닙니다. 나는 이 학교 교장이 아니라 오늘 잔치에 초대받은 마술사입니다. 초대받은 마술사."

마술사가 얼른 탈을 주워서 얼굴을 가리면서 두 손을 내저었습니다.

"교장 선생님!"

몇몇 아이들이 무대 위로 뛰어 올라가더니 마술사에게 매달렸습니다.

"어허 참, 이런 실수가?"

"하하하, 호호호, 히히히"

운동장 가득 웃음이 출렁거렸습니다.

교장 선생님의 깜짝 마술 쇼는 진한 감동을 주었습니다. 학부모들에게는 든든한 믿음을, 아이들 가슴 속에는 좋아하는 마음을 심어주었습니다.

그 뒤부터 교장 선생님은 '초대받은 마술사'라는 이름으로 인기가 하늘을 찔렀습니다. '초대받은 마술사'는 교장 선생님의 또 다른 이름이 되고 말았습니다.

얼마 전에는 가정통신문 끝에 교장 선생님의 진짜 이름인 '정진호' 대신에 '초대받은 마술사' 이렇게 적어 놓아서 학부모와 아이들이 배꼽을 잡고 웃었던 적도 있었다니까요.

아이들은 운동장이나 뒤뜰에서 초대받은 마술사를 만나기라도 하는 날에는 쪼르르 달려가서 졸라댔습니다.

"교장 선생님, 아니 초대받은 마술사님, 탁구공 마술 해 주세요."

"태극기 마술 보여주세요."

이렇게 졸라대면 가끔 그 자리에서 마술을 보여주기도 했습니다. 멀쩡한 손가락이 없어지는 마술을 보여주기도 하고, 아무것도 없던 손에서 볼펜이 쑥 나오는 마술을 보여주기도 했습니다.

이렇듯 인기가 하늘을 찌르는 초대받은 마술사를 초대도 하지 않았는데 한 시간 동안 교실에 함께 있게 되었으니 6학년 아이들은 신이 날 수밖에요.

"초대받은 마술사님, 마술 하나만 보여주세요."

슬기가 둘째손가락 하나를 곧추세워 흔들면서 이렇게 말했습니다.

"알았어요. 알았어요. 안 그래도 여러분에게 보여주려고 준비해 온 게 있습니다."

교장 선생님 아이들의 요구를 아주 쉽게 받아들였습니다.

"야호! 역시 초대받은 마술사님이 최고야!"

아이들은 신이 났습니다.

"초대받은 마술사님, 탁구공 마술 보여주세요.

아이들은 재주자랑대회 날에 본 탁구공 마술이 아주 많이 신기했던 모양입니다.

"좋아요. 좋습니다. 안 그래도 그 마술을 보여줄 참이었습니다. 탁구공 마술 말고도 또 한 가지 준비한 게 있습니다."

"얏호!"

교장 선생님과 아이들은 죽이 척척 잘도 맞았습니다. 아이들은 좋아 못 견딥니다. 엉덩이가 들썩들썩했습니다.

"자, 잘 보세요. 이 탁구공을 아주 잘 보세요."

교장 선생님은 마술사가 주머니에서 탁구공 하나를 꺼내 왼쪽 주먹 위에 살짝 올려놓습니다.

아이들은 뚫어지라 마술사 주먹 위에 놓인 탁구공을 보았습니다. 저번에는 밤에 봐서 속았지만 이번에는 속지 않겠다는 눈빛입니다. 워낙 눈을 크게 부릅떠서 눈알이 아팠지만, 혹시라도 놓칠세라 눈 깜빡이도 하지 않고 지켜

봅니다.

　그렇지만 정말 이게 어찌 된 일입니까? 교장 선생님 왼손 주먹 위에 놓였던 탁구공은 어느 순간에 입안으로 쏙 들어갔습니다. 탁구공이 입안에서 왔다 갔다 했습니다. 양 볼이 볼록볼록 합니다. 그러다가 그 탁구공이 목구멍을 지나고 뱃속을 지나 엉덩이로 톡 튀어 나오는 게 아니겠습니까? 아이들은 똑똑히 봤습니다. 분명히 봤습니다. 눈도 깜빡이지 않고 봤습니다.

　"아아!"

숨을 죽이면서 두 눈을 부릅뜨고 지켜보던 아이들이 함께 지른 소리였습니다. 눈속임을 꼭 알아내고야 말겠다던 아이들이 끝내 알아내지 못했습니다.

　"자, 이 탁구공에 묻어나는 똥 구린내를 맡

아보세요."

교장 선생님이 똥구멍으로 나왔다는 것을 증명이라도 해 보이려는 듯이 탁구공을 아이들 코에 바싹 갖다 댔습니다.

"똥, 똥, 똥 냄새가 나나요?"

킁킁 냄새를 맡아보는 아이들도 있었고, 더럽다고 아예 얼굴을 돌려 버리는 아이들도 있었습니다.

"교장 선생님 왜 자꾸 똥, 똥 그러세요."

냄새를 맡는 척하던 싱겁이 도현이가 이렇게 문제를 걸고 나왔습니다.

"아니, 똥을 똥이라고 하지 그럼 뭐라고 해야 하나요?"

교장 선생님이 아이들을 휘 둘러보면서 이렇게 되물었습니다.

"똥이라고 하면 더럽잖아요. 텔레비전에서도 '똥'이라는 말은 들리지 않도록 하잖아요. 또 자막에서는 '똥' 자 대신에 'x' 표시를 하고요."

"그래? 그렇다면 똥을 뭐라고 하면 안 더러울까요?"

도현이 이야기를 다 들은 교장 선생님이 다시 아이들 모두에게 이렇게 물었습니다.

"대변이라고 하면 덜 더러울 것 같아요."

"맞아요. 우리 엄마는 똥이라는 말을 쓰지 말고 대변이라고 말하랬어요."

"똥은 대변, 오줌은 소변이라고 하면 되잖아요."

"똥은 큰 것, 오줌은 작은 것으로 말해도 될 것 같은데요."

아이들이 장난스럽게 너도 한마디, 나도 한마디 툭툭 내뱉었습니다.

"그것 참 이상하다. 뱃속에서 나온 같은 찌꺼기를 두고 '똥'이라고 하면 더럽고 '대변'이라고 하면 덜 더러울꼬? 그 까닭을 한번 알아봐야겠네요. 이게 오늘 여러분에게 보여 줄 마술입니다. 이 마술을 보려면 모두 내가 시키는 대로 하세요. 한 사람도 빠짐없이 정확하게 따라 해야 합니다."

교장 선생님 아니 초대받은 마술사가 마치 아이들에게 최면이라도 걸려는 듯이 두 손을 높이 쳐들었습니다.

"자, 두 눈을 꼭 감으세요. 하나에서 열까지 셀 동안 눈을 뜨면 안 됩니다. 마지막 '열' 소리를 듣는 순간 '얏' 소리와 함께 눈을 부릅뜨세요. 알았지요?"

"하나, 둘, 셋, 넷, 다섯, 여섯, 일곱, 여덟, 아홉, 열, 얍!"

조선 시대 같습니다. 선비인 듯한 사람들이 커다란 갓을 쓰고 모여 있습니다. 옷은 허연 두루마기를 입었습니다. 도포를 입은 사람도 있습니다. 작은 앉은뱅이책상 위에는 붓도 있고 먹도 있고 종이도 있습니다. 모여서 공부를 하려는 모양입니다.

"자, 모두 좋은 의견을 내 보시오."

"똥이라는 말은 아무래도 아니 되겠소이다. 도저히 더러워서 아니 되겠다 이 말이오."

"상놈들도 똥, 똥 하는데 어찌 우리 양반들이 그런 천한 놈들과 같이 똥, 똥 할 수 있겠소."

"그렇고말고요. 상놈들이나 종놈들이 쓰는 무식한 말보다는 그놈들이 들어서도 모르는 한자 말로 쓰는 게 좋을 듯하오."

"맞는 말이오. 우리가 서당에서 한자를 배우는데 얼마나 힘이 들었소? 그런데도 글자도 모르는 무식쟁이들과 같은 말을 쓴다면 어디 선비 체면이 서겠소?

"옳은 말씀이오. 본디 대국이 쓰는 한자는 그 뜻이 깊기 때문에 얼마든지 우리 양반에 걸맞은 점잖은 말을 만들 수 있지 않소."

"그렇소. 똥을 나타내는 한자로는 '변'도 있고 '분'도 있소이다."

"이렇게 쓰는 게 어떨까 하오만. '똥'은 큰 대(大)와 똥 변(便) 자를 합해서 대변(大便)이라고 하고, 오줌은 작을 소(小) 자를 써서 소변(小便)이라고 한다면 무식한 놈들이 쓰는 더러운 똥과는 구별될 성 싶소 마는."

"대변과 소변이라, 거참 그럴듯하외이다."

"똥, 똥 아니 변, 변 하니까 대변이 마렵소이다. 내 뒷간 좀 갔다 오리다."

이러면서 한 선비가 뒷간으로 갑니다.

"뒷간? 뒷간도 바꿔야겠소. 변을 보는 곳이니까 변소(便所)라고 하면 딱 맞을 것 같지 않소?"

뒷간으로 가던 선비가 그 말을 듣고 금방 말을 고쳐서 합니다.

"내 변소에 갔다 오리다."

"하하하"

선비들이 땅을 치면서 웃어댑니다.

"변소에 앉아서 대변을 보니까 뒷간에 앉아서 똥을 눌 때보다 구린내가 훨씬 덜 나더이다."

뒷간에 갔다 온 선비가 이렇게 말하니 모두 고개를 끄덕였습니다. 정말 그렇게들 생각을 하는 모양입니다.

"대변과 소변은 작명을 잘했소만 밥 먹는다는 말은 어디 점잖은 말이 없겠소? 나물죽만 먹는 상놈들도 '밥 먹는다', 늘 고기반찬에 이밥만 먹는 점잖은 우리 선비들도 '밥 먹는다' 이래서야 되겠소?"

"안 되지요. 안 되고 말고요. 사실 입으로 넣는 게 똥구멍으로 나오는 것보다 더 중요하잖소?"

"아침밥은 아침 조(朝) 자와 먹을 찬(餐) 자를 써서 조찬이라고 하고, 점심은 오찬, 저녁은 만찬이라 함이 어떻겠소?"

"조찬, 오찬, 만찬이라. 그것참 그럴듯하오."

"이왕이면 밥 먹고 먹는 과일도 입가심이라는 그런 쉬운 말을 쓰지 말고 뒤 후(後) 자를 써서 후식이라고 하는 게 더 선비에게 맞는 말이 될 듯하오."

"호호외다. 호호."

"호호? 호호는 또 무엇이오?"

"좋을 호(好)를 여러 번 썼으니 아주 좋다는 말이 아니오."

"호호호, 호호호, 호호호"

"띠리리리리리리이 리리리잇, 띠리리리리리리이 리리리잇……."

다섯째 시간 마침 음악이 흘러나왔습니다. 음악 소리와 함께 화면이 꺼졌습니다. 6학년 아이들이 최면에서 깨어났습니다. 조선 시대 모습이 사라졌습니다.

"조선 시대 여행 잘했나요?"

초대받은 마술사가 아이들을 보고 이렇게 물었습니다.

그제야 초대받은 마술사가 거기 그렇게 서 계신다는 것을 깨달았다는 듯이 아이들이 흠칫했습니다.

"초대받은 마술사님, 선비들이 아주 고약하네요. 글을 못 배운 사람들을 어리둥절하게 하려고 억지로 어렵게 만들고……."

도현이가 아직 조선 시대 마술에서 깨어나지 못한 듯이 이렇게 말했습니다.

"그래 말이다. 그런데 그런 사람이 조선 시대가 아닌 지금도 있으니 그게 탈이지. 이제는 똥이나 오줌을 '토일렛'에 가서 누고, 밥 먹은 뒤에 먹는 입가심도 이제는 후식도 아닌 '디저트'를 먹어야 한다니……."

초대받은 마술사가 혼잣말처럼 이렇게 말했습니다.

"초대받은 마술사님, 저는 대변이라고 하지 않고 똥이라고 할래요. 똥이라고 해도 하나도 안 더러워요."

교실을 나서는 초대받은 마술사를 향하여 도현이가 크게 소리를 질렀습니다.

"맞아요. 저희도 똥이라고 할래요."

6학년 아이들 모두가 손나발을 만들어 초대받은 마술사 등을 향해 소리를 질렀습니다.

초대받은 마술사는 아이들처럼 빙그레 웃으면서 복도를 걸어갔습니다. 발걸음이 한없이 가벼워 보였습니다.

민채의 대단한 겨울 방학

민채와 민규가 다니는 학교는 아주 자그마합니다. 전교생이 겨우 51명입니다. 시내 큰 학교에 견주면 한 반 조금 넘는 숫자입니다. 그래도 교장 선생님도 있고, 교감 선생님도 있습니다. 점심 해주는 조리사도 있습니다. 그것뿐만 아닙니다. 길이 먼 범골 아이들을 태우고 다니는 노란 학교 버스도 한 대가 있습니다.

'오늘은 꼭 정해야지. 이제 정말 며칠 남지 않았잖아.'

민채가 집으로 오면서 손가락을 꼽아 봅니다. 겨울 방학 과제 계획서를 발표할 날이 5일 앞으로 성큼 다가와 있습니다.

민채네 학교는 이번 겨울 방학부터 학교에서는 과제를 전혀 내주지 않는다고 발표를 했습니다. 어떤 과제를 정하든 자기 스스로 정하도록 되어 있습니다.

'도대체 오빠는 과제를 언제 정하려고 그렇게 태평인지.'

어제도 민채는 걱정이 되어서 컴퓨터 오락게임을 하는 오빠를 흔들어서 다그쳐 물어보았습니다.

"오빠는 방학 과제를 무엇으로 정할 거야. 생각해 놓았어?"

오빠는 들은 척도 하지 않습니다.

"저리 가! 저리 안 가?"

아마도 1인칭 게임을 하는 모양입니다. 오빠는 1인칭 게임만 했다하면 누가 뭐라고 해도 들은 척도 안 합니다.

잠자기 전에도 또 오빠에게 물어보았습니다.

"오빠, 오빠는 걱정도 안 돼? 방학 과제 말이야."

"아직 멀었잖아. 벌써부터 야단이야."

민채와 똑같은 걱정을 해야 할 6학년인 오빠 민규는 도무지 태평입니다.

민채는 가방을 내려놓고 텔레비전을 켜려다가 아까부터 자기를 졸졸 따라다니는 옹이와 복이를 내려다 봤습니다. 옹이는 민채네 고양이고, 복이는 개 이름입니다.

'옹이와 복이는 세상에 무슨 걱정이 있을까?'

아무 걱정도 없이 만날 먹고 놀기만 하다가 가끔씩 주인한테 재롱을 떠는 게 전부인 옹이와 복이가 부러웠습니다.

"민채야, 복이 밥 좀 줘라. 깜빡하고 오늘 쫄쫄 굶기고 말았다. 참 옹이 밥도 줘야겠다."

민채는 그제야 옹이와 복이가 그처럼 졸졸 따라다닌 까닭을 알았습니다.

"옹이야, 복이야 미안하다. 나를 졸졸 따라다니면서 쳐다보고 또 쳐다 본 것이 바로 배가 고프다는 말이었구나. 과제에 신경 쓰느라고 알아채지 못한 내가 잘못이다. 정말 미안."

복이와 옹이에게 먹이를 주던 민채는 갑자기 손뼉을 탁 쳤습니다. 방학 과

제가 생각난 것입니다. 민채는 연습장을 가져와서 무엇인가를 열심히 아주 열심히 쓰고 그렸습니다.

방학 과제 발표 날입니다.

다른 아이들 과제를 슬쩍 보니까 영어 공부를 열심히 하는 것을 과제로 정한 아이도 있고, 읍내에 있는 학원에 열심히 다니겠다는 것을 과제로 정한 아이도 있었습니다. 약간 걱정이 되었습니다.

'이상한 과제라고 웃지나 않을까? 괜찮아. 선생님이 어떤 것이라도 괜찮다고 했는데 뭘.'

민채는 스스로 마음을 달래면서 차례를 기다렸습니다.

"저는 우리 집 옹이와 복이 이름을 바꿔 보겠습니다."

민채의 이 말에 아이들이 고개를 갸웃거렸습니다.

"그게 무슨 말입니까? 옹이는 뭐고 복이는 무엇입니까?"

반에서 질문을 가장 많이 하는 인호가 손을 번쩍 들고 이렇게 물었습니다.

"옹이는 우리 집 고양이고 복이는 귀염둥이 개 이름입니다. 그런데 고양이 옹이 이름을 복이로 바꾸고, 개 복이 이름을 옹이로 바꾸어 보겠다는 겁니다."

민채의 설명에 아이들이 와아 하고 웃었습니다.

"호호호, 방학 과제가 뭐 그래?"

수진이가 우스워 못 견디겠다는 듯이 손을 입에다 갖다 댔습니다.

"그러니까 방학 내내 개와 고양이하고 놀겠다는 말 아닙니까?"

인호가 다시 이렇게 물었습니다.

"가만있어 보세요. 민채 설명을 더 들어 봅시다. 아주 새롭고 재미있는 과제인 듯합니다."

민채의 설명을 듣고 있던 선생님이 인호 말을 가로막으며 나섰습니다.

"왜 개와 고양이의 이름을 바꾸어 보려고 하는지 그 까닭을 말해 줄 수 있나요?"

선생님이 다시 민채에게 물었습니다.

"예 선생님, 개와 고양이는 사람처럼 말은 못해도 감정은 있잖아요? 기쁘고 즐거운 감정도 있을 것이고, 슬프고 괴로운 감정도 있을 것입니다. 그래서 개와 고양이의 이름을 바꾸어 보면서 그걸 확인해 보고 싶어서입니다."

"그래요? 정말 재미있겠네요. 그런데 어떤 방법으로 이름을 바꾸려는지 설명해 줄 수 있나요?"

선생님이 또 꼬치꼬치 물었습니다. 선생님이 민채의 이 과제에 관심이 큰 것이 틀림없습니다. 민채는 신이 났습니다. 교실을 휘 둘러보았습니다. 교실이 조용합니다. 비웃듯이 말하던 수진이도 턱을 괴고 민채 설명을 기다리고 있습니다. 민채는 침을 한번 꿀꺽 삼키고는 말을 이었습니다.

"개와 고양이는 배가 고프면 참지 못합니다. 밥 달라고 얼마나 쫄쫄 따라다니는지 모릅니다. 그것을 이용하려고 합니다. 그러니까 '옹이야!' 하고 고양이 밥을 주던 것을 '옹이야!' 하고 불러 놓고는 복이 밥을 주는 겁니다. 그리고 '복이야!' 하고 불러 놓고는 옹이 밥을 주고요."

"'옹이야!' 하고 불러 놓고 어떻게 복이 밥을 줍니까? '옹이야!' 하고 부르면 옹이가 올 텐데요. '복이야!' 하고 부르면 당연히 복이만 달려 올 거고요."

민채 설명이 끝나기 바쁘게 인호가 총알처럼 빠르게 질문을 하였습니다. 인호가 민채 설명을 아주 열심히 들은 모양입니다.

　　"'옹이야!' 하고 불렀을 때 옹이가 오면 야단쳐서 내쫓고 복이 먹이를 주려고 합니다. 마찬가지로 '복이야!' 하고 불렀을 때 복이가 오면 야단쳐서 내쫓고 옹이를 불러 먹이를 주고요."

　　"재미있겠다."

　　"그런다고 이름이 바뀔까?"

　　"정말 멋진 생각이다."

　　관심 집중입니다.

　　방학하는 날입니다. 민채는 가슴이 두근두근했습니다. 첫 방학인 1학년 여름 방학부터 지금까지 무려 여덟 번째로 맞이하는 방학이건만 이처럼 가슴이 뛰어보기는 처음입니다. 옹이와 복이의 이름을 바꾸어 보는 재미나는 과제가 기다리고 있어서입니다.

　　"지금부터 옹이와 복이의 식사는 이 민채가 책임을 집니다. 누구라도 민채의 일에 손을 대지 마시기를 바랍니다.”

집에 오자마자 민채는 식구들에게 이처럼 선언을 했습니다. 그러고는 옹이와 복이의 반응을 날마다 적을 공책을 마련했습니다.

“옹이야, 밥 먹자!”

민채는 복이 밥을 준비해서는 부르기는 ‘옹이야!’ 하고 불렀습니다. 옹이가 “이야옹” 소리를 내며 반갑게 달려왔습니다.

복이는 멀뚱멀뚱하게 지켜보고 있고요.

“야, 인마, 이건 복이 밥이야. 이 복이 밥그릇 안 보여?”

민채는 달려드는 옹이를 마구 떠밀었습니다.

“이건 니 밥이 아니래도. 저리 가지 못해!”

다짜고짜로 밥 먹으려고 달려드

는 고양이를 떠밀고 하는 바람에 그만 밥그릇을 엎지르고 말았습니다.

"이 자식이 정말?"

민채는 화가 나서 고양이를 마구 혼내 주었습니다.

"옹이야, 밥 먹어. 너무 급히 먹으면 체하니까 천천히 알았지?"

민채는 복이에게로 가서 밥그릇을 들이대며 이렇게 말했습니다.

민채는 밥을 먹고 있는 복이에게 큰 소리로 말했습니다.

"니는 오늘부터는 복이가 아니라 옹이야, 알았지? 옹이야 밥 먹자 하면 니가 오는 거야. 멍청이 고양이처럼 저러지 말고 알았지?"

갑자기 옹이가 된 복이는 민채가 무슨 말을 하든 밥을 갖다 주니까 좋아라고 먹었습니다.

"복이야, 밥 먹자!"

밥을 쏟은 고양이가 미워서 주고 싶지 않았지만, 과제라서 어쩔 수 없이 옹이 밥을 준비해서 '복이야' 하고 부드럽게 불렀습니다.

민채는 '방학 과제' 공책에 날짜를 쓰고 첫날 반응을 자세히 적었습니다.

방학 과제를 해결하기 위한 첫걸음은 이렇게 시작되었습니다.

이튿날도, 그 이튿날도 개와 고양이의 밥 주기 씨름은 이어졌습니다. 변화가 있는 듯하다가도 또 그대로 되돌아가 버리곤 했습니다.

'언젠가는 바뀔 거야. 꼭 성공하고 말 거야.'

일주일 정도 시간이 흘렀습니다. 민채를 흥분시키는 변화가 드디어 나타났습니다.

"복아, 밥 먹자."

언제나처럼 고양이 먹이를 들고 이렇게 불렀습니다. 다른 날 같으면 벌떡 일어나서 달려와야 할 개가 좀처럼 움직일 기미를 보이지 않습니다. 그냥 고개만 갸웃갸웃할 뿐입니다. 더는 안 속겠다는 듯이 말입니다.

"복아, 밥 먹자니까?"

그릇을 쳐들고 개를 은근히 바라보면서 이렇게 다그치자 그제야 꼬리를 흔들면서 잽싸게 달려왔습니다.

"야, 인마, 끝까지 오지 말아야지. 너는 복이가 아닌 옹이야. 저리 가!"

개 옹이는 그만 시무룩하게 자리에서 물러났습니다.

"됐다, 됐어. 드디어 바뀐 이름을 알아가고 있어!"

민채는 신이 났습니다. 그래서 과제 공책에 적기 시작했습니다.

'드디어 반응이 나타났다. 옹이가 옛날 이름인 복이가 제 이름인지 아닌지 헷갈리는지 고개를 갸웃갸웃했다. 이름이 완전히 바뀔 날이 드디어 오고 있다. 기대된다. 얏호!'

"아버지, 드디어 옹이가 자기 바뀐 이름을 알아차리기 시작했어요. 제 옛날 이름을 불러보니까 맞나 안 맞나 하고 고개만 갸웃갸웃했어요. 정말이에요."

그날 저녁 민채는 아버지 어머니에게 자랑을 늘어놓았습니다.

"옹이라면 개를 두고 하는 말이니 고양이를 두고 하는 말이니? 내가 헷갈린다."

하기야 헷갈리기도 합니다. 어머니도 오빠 민규도 헷갈려하기는 마찬가지입니다.

"아버지도 참, 제가 말하는 것은 모두 바뀐 이름이에요. 복이 하면 고양이고, 옹이 하면 개란 말이에요."

"알겠다. 그런데 말이다. 민채야, 어쩌면 좋겠니? 안 그래도 오늘 밤에 너와 의논을 하려고 했다."

민채 아버지가 아주 곤란한 듯이 얼굴을 슬슬 비비면서 입을 열었습니다.

"그게 말이다. 다음 주 목요일부터 일요일까지 3박 4일 동안 우리 식구들과 이모네 식구들이랑 외할머니 모시고 제주도에 가기로 했다. 어쩌지? 내 생각으로는 말이야……."

"안 돼! 난 못 가요. 이제 막 바뀐 이름을 알아채고 있는데. 절대로 안 돼!"

아버지가 말을 다 마치기도 전에 민채가 소리를 버럭 지르듯이 말했습니다. 두 손을 마구 내저으면서 말입니다.

"민채야, 옹이와 복이는 지난 여름 방학 때처럼 작은아버지 집에 맡기고 가자. 과제는 갔다 와서도 할 수 있잖아."

"괜찮아요. 전 안 가도 돼요. 정말이에요. 옹이와 복이와 함께 집 지키고 있을 거예요."

결국, 민채는 옹이와 복이와 함께 남기로 했습니다. 아버지와 어머니는 민채가 걱정이 되어 몇 번이고 어르고 달래도 봤지만, 소용이 없었습니다. 3박 4일은커녕 하룻밤도 무서워서 혼자 못 잘 아이라는 걸 어머니는 너무나 잘 압니다. 그래서 민채 작은어머니가 밤에만 와서 잠을 함께 자기로 했습니다.

"민채야, 혼자 있기 힘들면 언제라도 작은집에 가. 알았지? 그리고 낮에도 꼭 문을 잠가 두는 것 잊지 말고. 가스 불은 작은어머니가 오셨을 때만 켜야 한다. 절대로 혼자 있을 때는 켜면 안 돼. 그리고 말이야. 누가 와도 문 열어 주면 안 돼. 그럴 때는 옆집 감나무 집 할머니한테 전화하든지 성식이 아제한테 연락을 해."

어머니는 민채를 혼자 두고 가는 게 걱정되어서 몇 걸음 가다가 또 몇 가지를 일러주곤 했습니다.

"이젠 그만 하고 얼른 서둘러요. 작은어머니가 봐 주겠다고 했잖아요. 자꾸 그러면 잔소리가 돼요. 민채야, 집 잘 봐라. 문 꼭꼭 잠그는 것 잊지 말고."

어머니가 하는 말이 잔소리라고 하던 아버지도 걱정되기는 마찬가지인 모양입니다.

식구들이 다 가버린 집이지만 민채는 텅 빈 것 같다는 생각이 들지 않았습니다. 날마다 조금씩 변화를 보여주는 옹이와 복이가 있으니까요. 옹이와 복이는 확실히 민채를 기쁘게 해주고 들뜨게 해줍니다.

"옹아, 밥 먹자."

어어, 이게 어찌 된 일입니까? 밥을 보면 미친 듯이 달려오던 고양이 복이가 미그적댑니다. 개보다 변화가 훨씬 늦다고 걱정이 되던 고양이 복이입니다. 대신에 개 옹이가 화들짝 뛰어 왔습니다.

"야호! 드디어 복이도 제 바뀐 이름을 기억했어. 됐어, 됐다니까. 그깟 제주도 여행이 다 뭐야."

민채는 무척 기뻤습니다. 당장 어머니와 아버지에게 전화하고 싶었습니다. 비행기 안에서는 전화를 받을 수 없다고 해서 그만뒀습니다.

그러나 기쁨은 그리 오래가지 못했습니다. 그 뒷날은 달랐습니다.

"옹이야, 밥 먹자."

세상에 어찌 이런 일이 있습니까? 하룻밤 사이에 이때까지 한 공부를 다 잊어버렸다는 말입니까? 개 옹이보다 고양이 복이가 옛날 이름을 듣고 먼저 달려왔습니다.

"야, 인마, 너는 옹이가 아니야, 복이란 말이야. 복이, 복이, 복이!"

민채는 한숨이 다 나왔습니다. 방학이 시작하는 첫날과 똑같기만 합니다.

그러나 다행스러운 것은 개 옹이는 자기의 바뀐 이름을 잊지 않고 있다는 것입니다. 그나마 다행이다 싶었습니다.

"복이야, 밥 먹자."

고양이 복이가 조심스럽게 다가왔습니다. 야단칠까 봐 눈치를 슬슬 보는 듯했습니다.

민채는 밥을 먹고 있는 고양이를 쓰다듬어 주었습니다.

"미안해, 너무 심하게 야단쳐서. 그런데 이제부터 잊지 마, 알았지. 너는 복이야."

다행히 그날 저녁밥을 줄 때는 옹이와 복이가 바뀐 이름을 다시 기억하고 있는 듯했습니다.

제주도에서 식구들이 돌아왔습니다. 민채에게는 앙증맞은 돌하르방과 갖가지 예쁜 선물을 사 왔습니다.

"우리 민채가 집도 잘 보고 옹이와 복이도 잘 보살펴서 선물 많이 사 왔지."

어머니가 이러면서 선물을 내놓았지만 민채는 거기에는 별로 관심이 없었습니다. 옹이와 복이가 새 이름을 완전히 익혔다는 것을 보여주고만 싶었습니다. 자랑하고 싶었습니다.

"아버지, 어머니 지금부터 옹이와 복이가 어떻게 하는가, 잘 보세요."

"복아, 밥 먹자."

민채는 가슴을 졸였습니다. 개 옹이가 또 잊어버리고 일어서서 달려오면 어쩌나 싶어서입니다. 며칠 전처럼 복이도 옹이도 눈치만 살피고 오지 않으면 그 역시 안 될 일입니다. 식구들 모두는 민채와 옹이와 복이가 벌이는 쇼를 숨죽이고 보고 있습니다. 민규는 제주도 여행한 이야기를 풀어놓고 싶었지만 그걸 꾹 참고 동생이 늘어놓는 자랑을 지켜보고 있습니다.

고양이 복이가 '야아옹' 소리를 내더니 벌떡 일어났습니다. 입맛을 쩝쩝 다시며 밥그릇 쪽으로 걸어왔습니다.

"짝짝짝"

어머니가 손뼉을 쳤습니다. 아버지도, 오빠 민규도 손뼉을 쳤습니다.

"아이구 우리 민채, 성공했구나. 축하한다. 축하해!"

아버지는 민채를 덜렁 들어 안아서 빙그르르 한 바퀴 돌렸습니다.

"잠깐만요. 끝까지 보셔야지요."

"옹이야, 밥 먹자."

식구들 눈이 모두 개에게로 쏠렸습니다. 제주도에서 돌아온 식구들을 졸졸 따라다니며 꼬리를 흔들던 개 옹이가 얼른 민채가 들고 있는 밥그릇을 보고 달려갔습니다.

"짝짝짝"

"이야, 정말 대단하다."

모두 이 놀라운 변화에 눈이 둥그레졌습니다.

민채는 신이 났습니다.

'방학 며칠 남았지?'

민채는 손가락을 꼽아 보았습니다. 아직도 많이 남았습니다. 얼른 학교에 가서 선생님과 반 동무들에게 자랑하고 싶었습니다. 아니 내일 낮에는 선생님에게 전화로라도 자랑을 꼭 하고 싶기만 합니다.

그날 밤 민채는 꿈을 꿨습니다. 반 아이들 10명이

지켜보는 가운데 옹이와 복이 이야기를 신 나게, 신 나게, 정말 신 나게 설명했습니다. 손뼉을 많이 받았습니다. 민채뿐만 아니라 다른 아이들 모두도 과제를 아주 잘했습니다.

선생님은 민채와 반 아이들 발표를 다 듣고 이렇게 말씀했습니다.

"정말 대단한 겨울 방학이야!"

정호야 까꿍

　자그마한 시골 학교 6학년 교실입니다. 다섯째 시간, 선생님을 합해서 모두 여덟 명이 국어 공부를 하고 있습니다. 여덟 사람 이름은 성덕, 정임, 인수, 은정, 명진, 우갑, 성애, 주철입니다. 주철은 선생님 이름입니다. 사이사이 웃음이 복도로 새어나갑니다.

　점심 먹을 때까지는 맑던 날씨가 갑작스럽게 캄캄해졌습니다. 비가 곧 쏟아질 듯합니다.

　"드드드드드드 드르륵"

　뒷문이 조심스럽게 열렸습니다. 16개의 눈길이 뒷문 쪽으로 쏠렸습니다.

아기를 둘러업은 정임이 어머니가 가쁜 숨을 몰아쉬며 뒷문으로 들어섰습니다.

"정임아! 얼른 정호 좀 받아 업어라. 비가 금방 쏟아질라 하는데 너거 아버지는 어데 갔는지 안 온다. 글쎄, 이러다가 다 말라놓은 나락 비 맞추게 생겼다."

세상에! 어째 이런 일이 있을까요? 교실에서 공부하고 있는 아이에게 아기를 업으라니요.

이 갑작스러운 광경에 모두 두 눈이 둥그레졌습니다. 아이들은 놀란 눈으로 선생님과 정임이와 정임이 어머니를 번갈아 쳐다봤습니다. 선생님은 정임이와 아이들과 정임이 어머니를 번갈아 봤습니다. 정임이는 빨개진 얼굴로 선생님과 어머니와 동무들 눈치를 살폈습니다. 교실은 찬물을 끼얹은 듯이 조용해졌습니다. 분위기가 아주 어색합니다. 정임에게 정호를 보라던 정임이 어머니도 교실 분위기 탓에 멈칫 서 있습니다.

"선생님, 안녕하세요? 이거 죄송해서요."

정임이 어머니는 그제야 선생님이 거기에 서 있는 것을 봤다는 듯이 쑥스럽게 인사를 했습니다.

"아, 예. 아, 괜찮습니다. 그, 그, 그럼 괜찮지 않고요. 비, 비가 오면 아기를 봐야지요."

선생님도 이 갑작스런 상황에 많이도 당황했던지 말을 심하게 더듬었습니다.

다른 때 선생님이 말을 이렇게 더듬었으면 아이들 모두가 우스워서 꼴딱 넘어갔을 겁니다. 그런데 지금은 다릅니다. 킥킥거리는 아이가 하나도 없었습니다. 정임이가 얼마나 민망해할까, 얼마나 부끄러워할까, 하는 마음으로 조용히 지켜볼 따름입니다. 선생님도 정임이 어머니와 어색하게 인사 몇 마디 나누기는 했지만, 정임이 눈치를 살피기는 마찬가지였습니다.

이 분위기를 깬 사람은 다름 아닌 정임이었습니다.

"예, 알았어요."

선생님과 어머니와 아이들 눈치를 번갈아 살피고 있던 정임이가 큰 결심이라도 한 듯이 발딱 일어섰습니다. 그러고는 어머니가 서 있는 교실 뒤편으로 쪼르르 가더니 등을 들이댔습니다.

정임이 어머니는 선생님을 한 번 힐끔 쳐다보더니 포대기 끈을 풀기 시작했습니다.

선생님은 놀란 표정을 겨우 진정시키고 성큼성큼 그리로 걸어갔습니다.

"어이구, 정호 왔구나! 옳지, 그래. 그래, 우리 정호 울지도 않고 참 착하네. 끌끌끌끌 까꿍."

선생님이 정임이 등으로 옮겨 업힌 정호 엉덩이를 툭툭 치면서 이렇게 얼렀습니다. 혀를 천장에 부딪쳐서 내는 '끌끌끌끌' 소리가 굉장히 듣기 좋았습니다. 무슨 악기 소리 같기도 하고 아름다운 산새 소리 같기도 했습니다.

둥그레진 눈으로 상황을 살피던 여섯 명 아이들도 하나 둘 일어서서 그리로 갔습니다.

"정호야, 까꿍."

"오르르르 까꿍."

"짝짝짝짝."

아이들이 공부 시간이란 것을 잊어버린 듯이 정호를 어르느라 정신이 없습니다. 혀를 날름날름 내밀어 보이면서 어르기도 하고 볼을 살짝살짝 꼬집으면서 어르는 아이도 있었습니다.

그런데 너무 야단스럽게 정호를 어른 탓일까요.

"으으으으 앙"

어리둥절해하던 정호가 그만 울음을 터뜨리고 말았습니다. 정임이가 얼른 정호를 울렁울렁 추스르면서 달랬습니다.

"정호야, 울지 마. 오르르 까꿍."

"정호 착하지. 쩌쩌쩌쩌."

아이들이 우는 정호를 달래려고 너도나도 얼러댔습니다. 울음을 그치기는커녕 정호는 더 크게 울어댔습니다. 아이들은 겁이 나서 그만 자리에 들어가 버렸습니다. 그렇지만 싱겁이 성덕은 끝까지 남아서 정호를 달래려고 애를 썼습니다. 그래도 소용이 없었습니다.

"으아으아으아앙 으아으아으아 앙!"

성덕이는 정호 울음을 흉내 내면서 얼렀습니다. 그 어르는 소리가 우스워서 아이들이 까르르 웃었습니다.

"쉿! 모두 가만 들어 봐. 성덕이가 정호 우는 흉내를 너무 잘 내잖아."

은정이가 무슨 큰 발견이라도 한 듯이 오른손 둘째손가락을 세워 입에 대고 이렇게 말했습니다.

"정말 그러네! 야, 성덕아, 한 번 더 울어 봐."

명진이 성덕이 어깨를 툭툭 치면서 말했습니다.

"뭣이 울어 보라고? 야, 내가 어디 애기니? 울게. 정호 울음을 그치게 하려고 한 번 거짓으로 우는 척해 본 것이지."

"진짜 울음이든 거짓 울음이든 어쨌든 흉내를 잘 냈으니까 한 번 더 해 보라 이 말씀이야."

"내가 왜 그 힘든 거짓 울음을 울어?"

"이 바보야, 지금 우리가 무슨 공부를 하는 중이었니? 흉내 내는 말에 대해서 공부를 하다가 중대한 사건이 나서 잠깐 쉬는 중이잖아."

"사건? 이게 무슨 사건이야?"

정호를 추스르고 있던 정임이가 눈을 흘기면서 말을 받았습니다.

"으으으으 앙"

티격태격하느라 정호에게 관심을 잠깐 놓았던 아이들이 다시 울어대는 소리에 정호를 바라봅니다.

"그래, 저 정호의 울음소리. 성덕에게만 흉내를 내라고 할 게 아니라 우리모두 정호의 울음소리를 잘 들어 봅시다. 그런 다음에 입으로 따라 해봅시다. 마지막으로 그걸 칠판에 적어 봅시다."

역시 선생님은 선생님이었습니다. 그냥 들어보라고만 하지 않고 그걸 따라 해 본 뒤에 적어보라는 겁니다.

선생님은 아이들이 적을 자리를 만드느라 칠판을 깨끗이 닦았습니다.

아이들은 정호가 우는 소리를 잘 들으려고 너도나도 정호 곁으로 바짝 다가갔습니다. 두 손을 양쪽 귓바퀴에 댔습니다. 그러고는 열심히 아주 열심히 들었습니다. 그런 뒤에 입으로 중얼중얼 따라 해 보느라고 교실 안이 시끌시끌했습니다. 정임이도 정호를 달랠 생각은 잊어버리고 따라 해 봅니다.

아이들이 칠판 앞으로 나와서 정호 울음소리를 들은 대로 적었습니다.

성덕 : 으아으아으아앙, 으아으아으아 앙

은정 : 에에에에 으엥, 에에에에 으엥

명진 : 으윽으윽 으엉, 으윽으윽 으엉

인수 : 으이에 으이에 으이에 으이에

우갑 : 어어어윽 어어어윽 에엥

성애 : 어에어에 으흑 어에어에 으흑

정임 : 우으우으 우응 우으우으 우응

주철 : 어어어엉 어어어엉 에에에에에

아이들은 자기들이 칠판에 써 놓은 글을 보고 모두가 깜짝 놀랐습니다.

"아니? 여덟 사람이 다 다르게 듣다니!"

"세상에! 어찌 이럴 수가!"

선생님은 신기해하는 아이들을 보면서 고개를 끄덕였습니다.

"그래요. 여러분은 정말 대단한 시인입니다. 자기만 들을 수 있는 귀를 가지고 있으니까 말입니다. 만약 여기 녹음기 여덟 대를 갖다 놓고 녹음을 했다면 어떨까요? 여덟 대 모두 똑같은 소리로 녹음을 했겠지요? 아무리 좋은 기계라도 기계는 기계입니다."

"선생님 재미있어요. 한 번 더 해요."

우갑이 소리쳤습니다.

"이걸 어쩌나? 정호 울음소리 듣기 공부는 더 못하게 되어 버렸는데."

선생님이 정임이 등에 업힌 정호를 가리키며 말했습니다. 아이들이 다 같이 정호를 봤습니다. 정호가 정임이 등에 얼굴을 대고 잠이 들었습니다.

"깨우면 되잖아요. 자다가 일어나면 더 잘 울어요."

우갑이 벌떡 일어나서 정호를 깨울 양으로 정임이 곁으로 갔습니다.

"야, 겨우 잠들었는데 울음소리를 듣자고 깨워? 그런 말도 안 되는 소리 작작 해라."

성애가 퉁을 줬습니다.

선생님이 창문을 열었습니다. 하늘은 온통 잿빛입니다. 금방이라도 비가 쏟아질 것만 같았습니다.

"얘들아, 정임이 어머니가 정호를 데리고 와서 우리 참 좋은 공부를 했잖아. 안 그래?"

"맞아요!"

아이들이 합창하듯이 입을 모아 선생님 말을 받았습니다..

"그러니 고맙다는 뜻으로 우리 정임이네 논에 가서 일 좀 도와주고 오자."

"정말요? 얏호!"

덩치 큰 인수와 우갑이 손수레 운전사가 되었습니다. 성덕과 명진은 뒤에서 손수레를 미는 일을 맡았습니다. 선생님과 성애와 은정인 볏단을 싣는 사람입니다.

"아이구 선생님, 공부 시간에 정호 맡긴 것만으로도 미안한데 이렇게 일까지 도와주시니 정말 고맙습니다."

정임이 어머니가 연신 고맙다고 했습니다.

"아닌데요. 고맙기는 우리가 고마운데요."

손수레 운전사인 인수와 우갑이가 싱글싱글 웃으며 이렇게 말했습니다.

"뭐라고? 되레 고맙다고? 그게 무슨 소리고?"

"정호 때문에 우리가 모두 공부를 아주 잘했다니까요."

이번에는 볏단을 싣던 성애와 은정이가 이렇게 말했습니다.

선생님은 그냥 빙그레 웃기만 했습니다.

선생님을 따라서 정임이 어머니도 빙그레 웃었습니다.

아이들도 서로 쳐다보면서 빙그레 웃었습니다.

정임이 등에 업혀 자던 정호도 언제 깼는지 생글생글 웃고 있었습니다.

정임이네 작은 다랑논에는 기쁨이 그득히 출렁거렸습니다.

아름다운 빈집

어느 도시 끝자락 외진 곳에 외딴집 한 채가 달랑 서 있었어요. 그 집에 살던 사람이 도시 한가운데로 이사를 가버려서 빈집이 되어 버렸어요. 담장은 허물어지고, 벌겋게 녹슨 대문 한 쪽은 떨어져 나갔어요. 벽에는 구멍이 뻥 뚫렸고 지붕에는 이끼까지 끼었고요.

집 안 여기저기에는 거미줄이 혼란스럽게 쳐져 있었어요. 반쪽만 남은 방문은 바람이 불면 삐지지지삑 삐지지지삑 하면서 기분 나쁜 소리를 냈어요. 금방이라도 귀신이 으흐흐흐 하는 웃음을 흘리면서 나타날 것만 같았어요.

아이들은 이 빈집을 귀신집이라고 했어요. 도깨비집이라고 하기도 했고요. 아이들은 이 빈집을 아주 무서워했어요. 이 집에는 밤마다 귀신이 나와서 아기 울음소리를 낸다는 소문도 들렸어요. 어른 가운데도 이 집을 무서워하는 사람이 딱 한 사람 있었는데 복이 삼촌이어요.

복이 삼촌이 누구냐 하면 솔티마을 진 한약방에서 잔심부름하면서 사는 사람이지요. 나이는 마흔이 넘었다고 하는데도 장가도 못 가고 혼자서 살아요. 벙어리는 아닌데 말이 워낙 어둔하여 어지간히 참을성 있게 듣지 않고는 도무지 알아들을 수가 없어요. 거기다가 하는 짓이 도무지 어른 같지 못해요. 어른들은 이런 복이 삼촌을 두고 80퍼센트라고도 하고, 팔푼이라고 하기도 했어요. 다시 말하면 조금 모자란다는 것이지요.

어릴 때 약을 잘못 먹어서 그렇다는 말이 있는데 그 말이 사실인지는 아무도 몰라요. 어떤 장애인 시설에 살다가 혼자서 독립해서 살겠다고 도망쳐 나왔다는 소문도 돌았어요.

복이 삼촌에 대한 소문은 너무 많아서 어디까지가 진짜이고 어디까지가 뜬소문인지 그 또한 아무도 모른다니까요. 분명한 것은 부모도 없고 자식도 없이 혼자라는 사실이지요. 또 마음씨가 워낙 착해서 남에게 손해 끼치는 일은 절대로 하지 않는다는 것도 사실이고요.

동네 아이들은 이 아저씨를 '복이 삼촌'이라고 불렀어요. 누구부터 그렇게 불렀는지는 몰라요. 어른들은 '복아' 하고 불러요. 간혹 '복이 씨' 하고 부르는 사람들도 있기는 해요. 젊은 처녀들이 더러 그렇게 불러요. 처음에는 '바보 복이'라고 놀리는 아이들도 더러 있었지만, 이제는 없어요.

어느 날 저녁 무렵 복이 삼촌이 이 빈집 앞을 지나가게 되었어요. 약 심부름길이 늦고 말았던 것이지요.

'늑장 부리지 말고 서둘러야 했는데…….'

하고 후회를 했지만 이미 짧은 가을 해는 산을 넘고 말았어요. 복이 삼촌은 발걸음 소리를 죽여 가만가만 걸었어요. 그래도 발걸음 소리가 났어요. 귀신이 발걸음 소리를 듣고 금방이라도 쫓아 올 것만 같았어요. 눈은 자꾸만 귀신집으로 갔어요.

아, 그런데 귀신집 방안에서 무언가 움직이는 것이 어슴푸레하게 보이는

것이 아니겠어요. 두 눈을 양손으로 비비고는 눈을 더 크게 뜨고 봤어요. 분명 시커먼 물체가 움직이고 있었어요. 숨이 멎는 듯했어요.

"으으으으 콜록콜록"

"우우우우 콜록콜록"

귀신집 그 시커먼 물체에서 나는 소리 같았어요. 소리는 끊어질 듯 이어질 듯 가늘게 들렸어요.

"어어?"

복이 삼촌은 발걸음을 뚝 멈췄어요. 그리고 귀를 쫑긋 세우고 다시 들었어요.

"으으으으 콜록콜록"

"우우우우 콜록콜록"

틀림없이 귀신집에서 나는 소리였어요.

'도망가야 하나? 아니야. 귀신이면 도망가도 소용없을 거야. 귀신이 나보다 더 빠를 거야.'

'가볼까? 그래, 그냥 한번 가보는 거야. 그러다가 정말 귀신이면 어떡하지? 그래도 할 수 없어. 가보는 거야. 가서 두 눈으로 똑똑히 보는 거야.'

짧은 순간에 온갖 생각들이 뒤엉켜 꼬리를 이었어요. 복이 삼촌은 두 주먹을 불끈 쥐고 한 발 한 발 귀신집으로 다가갔어요. 무슨 소린지 알아보고 싶은 마음이 무서움보다 앞섰던 모양이에요.

복이 삼촌 호기심은 아무도 못 말려요. 이런 무서운 순간에도 그 호기심이 툭 튀어나오니 말이에요.

"으으으으 콜록콜록"

"우우우우 콜록콜록"

귀신집 방안에서 나는 소리가 틀림없었어요. 한 짝이 떨어져 나간 문 사이로 무언가 꿈틀거리는 물체가 보였어요.

'귀신인가?'

'짐승인가?'

'아니면 사람인가?'

복이 삼촌 손에는 땀이 흥건히 배어 나왔어요.

"누누누구요? 사사사람이오?"

대답이 없었어요. 조금 전까지 꿈틀거리던 누더기가 전혀 움직임이 없었어요. 복이 삼촌은 다시 겁이 덜컥 났어요. 귀신이 일부러 사람이 가까이 올 때를 기다리고 있는지 모른다는 생각이 들었어요. 혹시나 싶어서 막대를 하나 찾아 들었어요.

"마마마 말해 바바바봐요."

복이 삼촌이 막대로 마루를 탕탕 치면서 조금 더 크게 소리를 질렀어요.

"누구요? 으으으으 콜록콜록"

누더기가 스르르 벗겨졌어요. 사람이 었어요. 사람은 사람인데 도대체 사

람 같지 않은 사람이었어요. 긴 머리카락이 제멋대로 헝클어져서 얼굴이 잘 보이지 않았어요. 머리카락 사이로 살짝 보이는 얼굴은 마치 해골바가지 같았어요. 머리카락만 없다면 영락없는 해골바가지였어요.

"배고파 으으으으 콜록콜록. 먹을 것 좀 우우우우 콜록콜록."

기침하기가 힘이 들어서 그런지 '으으으으' 하다가 기침을 하고, '우우우우' 하다가 기침을 하곤 했어요.

사람이라는 것을 확인한 복이 삼촌은 마음이 놓였어요. 심부름 가방을 얼른 열었어요. 약 심부름 갔다가 얻어 넣은 빵이 생각나서였어요. 요구르트도 함께 들어 있었어요.

"이이거 머머머거요."

해골바가지 같은 병든 거지 할아버지는 복이 삼촌이 내놓은 빵을 조금 먹더니 얼른 이불 속에 넣고는 다시 누웠어요. 앉아 있는 게 힘이 든 모양이어요.

그 뒷날부터 복이 삼촌은 이 빈집을 드나들기 시작했어요. 약 심부름을 끝낸 저녁때가 되면 등산 가는 사람처럼 배낭을 짊어지고 들어가곤 했지요.

하루도 빠짐없이.

"하하하할아버지, 오오오늘은 기기기김밥 머머머거요."

복이 삼촌이 무거운 배낭을 쿵 내려놓으면서 김밥을 꺼내서 주네요.

"고마버요 우우우우 콜록콜록. 어제 준 거도 덜 먹…… 콜록콜록."

말하기도 힘드는지 겨우 모기소리만 하게 몇 마디하고는 연신 기침을 하네요.

"그으래도 머먹어야 벼병이 나나낫지요."

복이 삼촌은 이번에는 바나나 우유를 꺼내 아예 입에 갖다 대고 먹여줘요.

"오오올치 자아아알 머어억네. 누우웁더언지 아앉아 이이있던지 마아아으음대로 해요. 오오늘은 보오이일러 조오옴 고오오쳐야 겠어어요."

이렇게 말하면서 복이 삼촌이 배낭에서 일할 물건을 꺼냈어요. 톱, 망치, 대패, 드라이버, 니퍼, 멍키스패너, 송곳, 칼, 줄자……. 배낭에는 별별 연장들이 다 들어 있었어요. 못, 암나사, 접착제 같은 것도 들어 있었고요.

복이 삼촌은 부엌에서 보일러를 살폈어요. 녹슬긴 했지만 괜찮을 듯싶어서 녹만 긁어냈어요. 방바닥으로 들어가는 보일러관을 살펴보았어요. 아궁이 한 모퉁이가 부서져 내리면서 방으로 들어가는 보일러관이 삐죽하게 드러났어요. 새 걸로 갈아 넣었어요.

늦가을 밤바람이 제법 차가웠지만 복이 삼촌은 땀을 뻘뻘 흘리면서 보일러 고치는 일에 정신이 없네요. 밤이 깊었어요.

"으으으으 콜록콜록."

"우우우우 콜록콜록."

거지 할아버지는 복이 삼촌이 하는 고생을 아는지 모르는지 앓는 소리만 내고 있어요. 소리가 작아서 다행이네요. 밖에까지 들릴 정도로 큰 소리였다면 당장 이 집에서 귀신 울음소리가 난다는 소문이 돌았을 거니까요.

복이 삼촌은 일을 하다말고 땀을 닦으면서 거지 할아버지를 바라봤어요.

'추추위가 다다닥치기 저저전에 보오오이일러 고오오쳐야 하하는데……'

복이 삼촌은 결국 시멘트 바르는 일까지 다 마치고서야 밤이 늦어서 그 집을 나서네요.

보일러를 고친 뒷날부터는 복이 삼촌은 자전거를 타고 빈집으로 갔어요. 자전거 뒷자리에는 배낭도 실려 있고, 연탄 석 장이 든 상자도 하나 떡하니 실려 있었어요. 외딴집에 도착한 복이 삼촌은 언제나처럼 먹을 것과 마실 것을 거지 할아버지에게 주고는 연탄 석 장을 피워서 보일러 통에 넣었어요. 방이 따뜻해 왔어요.

뚝딱뚝딱, 구멍이 숭숭 뚫렸던 문짝이 제법 그럴듯하게 고쳐졌어요. 비가 새고 하늘이 보이던 천장도 진흙으로 대강 땜질이 되었어요. 바람이 제멋대로 드나들던 뒷벽도 메워졌어요. 이제 빈집은 제법 그럴듯한 집이 되었어요.

복이 삼촌은 집을 다 고친 뒤에도 날마다 이 집을 드나들었어요. 그리고 복이 삼촌 자전거 뒷자리에는 언제나 연탄 석 장이 실렸고요.

이 귀신집에 사람들이 하나 둘 모여들기 시작한 것은 거지 할아버지가 병이 다 낫고부터였어요. 거지 할아버지라고 하니까 좀 이상하네요. 그 할아버지 이름은 박재식이니까 박재식 할아버지라고 하는 게 맞겠네요. 병이 다 낫게 되자 박재식 할아버지가 시내 나들이를 한 것이지요.

"오늘은 모다 우리 집에 가자꾸."

지하철 쉼터 걸상에 앉아서 놀다가 박재식 할아버지가 불쑥 이렇게 말했어요.

"그 말이 무신 말이꼬? 어허 이 영감탱이가 이제 아주 팍 돌아버렸다카이. 죽을 날이 다가왔는가벼. 우리 같은 거지꼴에 집이 어디 있다고. 쯔쯧."

"글케 말일세. 죽기 바로 전에는 병도 싹 낫는다 카던데 아마 그런 모양이제. 이걸 어째노?"

사람들은 박재식 할아버지의 말을 믿지 않았어요.

"쩌쩌쩌. 거지 같은 말들 하고들 있네. 잔소리하지 말고 모다 따라와 보라이께."

빈집에 따라온 사람들은 모두 깜짝 놀랐어요. 기절할 뻔한 사람도 있었다니까요. 너무나 번듯한 집에 살고 있어서 그랬어요.

그런 일이 있은 뒤부터 이 빈집에는 식구들이 시끌벅적하게 모여들었어요. 사람이 많이 살게 된 빈집, 이 빈집에는 주인이 따로 있지 않아요. 복이 삼촌도 주인이 아니고, 박재식 할아버지도 주인이 아니에요. 사는 사람이 정해진 것도 아니지요. 누구라도 하룻밤 자고 갈 수가 있으니까요. 여러 날 잘 수도 있고, 박재식 할아버지처럼 아예 눌러앉아 살아도 괜찮지요. 참으로 이상한 집이 되었어요.

식구들이 늘어난 뒤부터는 복이 삼촌 발걸음이 뜸해졌어요. 그리고 자전거 뒷자리에 연탄을 싣고 오지도 않았어요. 대신 쌀 몇 되가 실려 있곤 했지요. 왜 그런가 하면 빈집 마당 앞에 세워 놓은 푯말을 보면 알지요.

이 집에 하룻밤 자려고 하는 사람은 연탄 한 장만 들고 오면 됩니다.

연탄 창고에 연탄이 쌓였어요. 여름에 들고 온 연탄은 그대로 겨울까지 저장이 되었어요. 빈집은 이제 연탄 부자가 되어 갔어요.

어느 겨울밤, 빈집 큰방에서 회의가 열렸어요.

"우리가 요로크롬 복이 삼촌한테 신세만 질 기 아이라 내년부터 농사를 짓는 기 어떨꼬?"

나이가 가장 많고, 이 집에 가장 오래 살아 온 박재식 할아버지가 말문을 열었어요.

"그래요. 복이 삼촌이 가져 오는 쌀을 우리가 넘 염채없이 받아묵기만 했다이께요. 진작 그래야 카는데…….'

작은 방에 오래 눌러살고 있는 키 작은 아저씨가 끼어들었어요.

이날 회의에 참석했던 여섯 사람 가운데 네 사람이 농사를 지어 본 경험이 있다고 했어요. 그래서 빈집 뒤에 있는 묵은 논을 갈아엎어서 내년부터 농사를 짓기로 했어요. 남은 두 사람은 음식집을 해본 경험이 있다고 해서 빈집 앞에 작은 천막집을 짓고 밥집을 하기로 의논을 했고요.

이듬해 봄, 묵어 버려져 있던 논이 볏논으로 바뀌었어요. 논둑에는 논둑콩도 심었어요. 쑥대밭이 되었던 묵정밭에는 고추도, 배추도, 파도 심었어요. 밭 가장자리에는 옥수수도 심었어요.

'복이 삼촌 밥집', 지난가을부터 천막을 쳐서 연 밥집 이름이에요. 빈집에

사는 두 사람이 두 팔을 걷어붙이고 열심히 하는 식당 이름이지요.

이 식당에는 이런 차림표가 있어요. 차림표라기보다는 밥을 먹는 사람이 읽으라고 써 붙여 놓은 글이지요.

복이 삼촌 밥집은

1. 밥과 김치와 된장이 기본이고 가끔 다른 반찬이 있을 때도 있습니다.

2. 재료는 100% 우리 빈집에서 지은 농산물입니다.

3. 빈집 식구들을 위한 밥집이지만 누구라도 드셔도 됩니다.

4. 밥값은 받지 않지만, 음식을 남기면 벌금 천 원을 받습니다.

5. 복이 삼촌에게 고마운 마음으로 이 밥집을 하고 있습니다.

복이 삼촌 밥집에는 점심시간이 가장 붐벼요. 빈집 식구들의 몇 배가 넘는 사람들이 줄을 서지요. 그런데 그 사람들 손에는 하나같이 천 원짜리 돈이 들려 있어요.

"음식을 안 냈겠는데 왜 돈은 내놓아요? 가져가이소."

밥집 주인 두 사람은 돈을 내던지다시피 하고 도망가는 사람들에게 돈을
돌려주느라 더 바빴어요.

"여기 밥풀 하나 붙어 있지예. 그러니 밥 냉겼는 게 아닌교? 그러니 받아 놓으소."

"국물이 조금 남아스께 내는 겁니더."

모두 천 원을 내기 위해서 기를 써요. 온갖 핑계를 대가면서 천 원 내겠다고 난리를 부려요. 주인은 돈을 안 받으려고 떼를 쓰고, 손님은 돈을 내려고 억지를 부리고 참으로 희한한 모습이 이 밥집에서 벌어졌어요.

어느 때부터인가 사람들은 이 빈집을 아름다운 집이라고 말하기 시작했어요.

116

참외 서리

"우르르 쾅"

"따따따따"

소리는 앞산 너머에서 들려왔습니다. 사람들은 깜짝깜짝 놀랐습니다. 서로 마주 보며 걱정스러운 얼굴들이 되었습니다.

"인민군이 죽령재를 넘었대."

"송골댁은 대구 작은집으로 피난 간다고 아침부터 짐을 싸고 있어."

"설마 이곳 매봉골까지 인민군이 올까? 설사 온다고 해도 우리는 못 가. 갈 데가 없어. 이 난리 통에 누가 남의 식구들 좋아할까?"

"우리는 갈 데가 있어도 못 가. 이제 막 익기 시작한 참외는 어쩌고 가?"

"어이구 뭐라고 그래노? 참외가 아무리 중해도 이 난리는 잠깐 피해 있다가 와야제."

"재동댁네도 어린 소 새끼 때문에 못 간다고 하던데."

"재동댁네보다 병든 노인 데리고 갈 식이네가 더 큰일이 아이껴."

"이마빼기에 땀 마를 새 없이 발버둥쳐도 먹고 살까 말까 한데 전쟁은 무슨 썩어빠진 전쟁이고? 어이고 망할 놈의 세상! 덥기는 왜 이리 덥노?"

매봉골 작은 마을, 아주머니들이 우물가에 모여서 한걱정을 늘어놓았습니다. 눈과 귀는 대포 소리가 들리는 앞산 너머에 가 있습니다. 가늘게 들리던 대포 소리가 점점 커지는 듯합니다.

"이래 태평하게 서 있으면 어쩌노? 짐이라도 대강 싸 놔야제."

"면사무소에 간 이장이 돌아오면 무슨 말이 있겠제. 그때까지는 기다려보시더."

어른들은 모두 어찌해야 좋을지 제정신들이 아니지만, 아이들은 그렇지 않습니다.

"상진아, 노올자."

상진과 동갑내기인 진구가 웃통을 훌떡 벗어들고 서서 벌써 기다립니다. 어제는 고추밭 맨다고 놀지 못했던 진구가 오늘은 어쩐 일인지 아침부터 놀러왔습니다.

상진은 마당에서 낫을 갈고 있는 아버지 눈치를 살폈습니다.

"점심 먹고는 꼴 베고 소 맥여야 한다. 3학년이나 되는 놈이 펀펀 놀기만 해서는 안 된다 이거여. 알겠제?"

아버지는 상진을 보지도 않고 이렇게 말했습니다. 점심 먹을 때까지는 놀아도 좋다는 허락입니다.

"예"

상진은 신이 났습니다. 진구와 둘이서 재원네 집으로 갔습니다. 재원은 기다리고 있었다는 듯이 금방 쫓아 나왔습니다.

세 아이는 신이 났습니다.

"그을 때 놀던 본부로 갈까?"

"아니야, 고기 잡으로 가자. 어제 수꾸골 도랑에 이따만한 메기가 있었어. 어제 형아하고 잡다가 놓쳤어. 오늘 그놈 꼭 잡을 꺼다."

재원이 오른팔을 쑥 들어 가늠해 보이면서 마치 지금 그 메기를 잡기라도 한 듯이 신 나게 말했습니다. 그러나 상진은 며칠 전에 짓다가 둔 뒷산 본부에 마음이 자꾸 끌렸습니다.

"아니야, 본부에 가서 놀자. 본부 짓다 말았잖아. 오늘 그
걸 꾸미자."

"본부에 가려면 학래도 데리고 가야제. 우리 학래 부르러
가자."

진구도 본부에 가는 게 좋은지 이렇게
말했습니다.

본부 놀이는 재미있었습니다. 상진과
진구가 한편이 되고 재원과 학래가 다른
편이 되었습니다. 네 아이는 본부 꾸미기
에 정신이 팔렸습니다.

칡넝쿨을 걷어서 지붕 위에 거미줄처럼 엮
고는 그 위에 잎 넓은 떡갈나무를 얹었습니
다. 가장 흔한 소나무 가지로는 벽을 만들고
싸리나무는 꺾어서 담장을 만들었습니다.

“우리 본부에는 탱크도 있다.”

학래와 재원이 썩은 나무둥치를 주워서 본부 앞에 떡하니 세워 놓고 자랑을 했습니다.

“우리 본부에는 라디오 안테나도 있다.”

상진과 진구는 기다란 단풍나무 가지를 하나 꺾어 지붕 위에 높이 세워 놓고 자랑을 했습니다.

읍내 쪽에서 대포 소리와 총소리가 간격을 좁혀 들려왔습니다. 그러나 신나게 놀고 있는 아이들에게는 그 소리가 들릴 리가 없었습니다.

“우리 본부에는 트럭도 한 대 있다.”

학래와 재원도 질세라 고무신 한 짝을 돌돌 말아 나머지 한쪽에 꽂아 트럭처럼 만들어 놓고 자랑을 했습니다.

면사무소에 갔던 이장 어른이 헐레벌떡 매봉재를 넘어왔습니다.

“모모 모두 모여 보이소. 들에 가 있는 사람들도 다 부부부르세요.”

이장 어른이 숨이 턱에 차서 말도 제대로 잇지 못했습니다.

"피난을 가야 하니더. 머잖아 이 매봉골에도 인민군이 쳐들어온다고 하니더. 벌써 읍내 사람들은 모두 피난을 떠났다고 그래요. 빨리빨리 서두르시더, 얼른요."

"피난을 가라니 당체 어디로 가라는 건가?"

"남쪽으로 내려 가야제. 남쪽으로."

"우리는 못 가, 여기서 죽는 한이 있어도 그 어린 소 새끼 데리고 가기는 어딜 가. 우리는 못 가니더."

재동댁은 그만 그 자리에 털썩 주저 앉아버렸습니다.

"우리도 안 가. 인민군도 사람인데 저거 할아버지 같은 병든 노인네를 죽이기야 할까?"

이렇게 말하는 식이네 어머니 얼굴에는 두려운 표정이 가득했습니다.

'따따따따' 콩을 볶아대는 듯한 소리가 훨씬 가까이서 들렸습니다. '쿵쿵 쿠르릉 쿵' 대포 소리가 마을 사람들의 마음을 바쁘게 했습니다.

"원아!"

"학래야!"

"진구야!"

"진아!"

짐을 어지간히 챙긴 어른들이 아이들을 찾았습니다.

"우리 본부에는 본부 이름도 달았다."

상진과 진구는 커다란 가랑잎에다 침을 묻혀 글씨를 쓰고는 거기에 보드라운 흙을 얹어서 글자판을 만들었습니다.

진이네 본부

본부 이름이 그럴듯했습니다. 두 아이 이름에 '진' 자가 들어가 있다고 지은 본부 이름입니다. 학래와 재원은 그게 부럽지만 어쩔 수 없었습니다. 상진과 진구는 학교에 다녀서 글자를 알지만 학래와 재원은 글자를 모릅니다. 뼈 보드라울 때부터 들일 배우라고 학교를 보내주지 않아서 그렇습니다.

"우리 본부 이름도 써 줘."

재원과 학래가 널따란 나뭇잎을 하나 구해서 상진과 진구 앞에 내놓았습니다.

"싫어!"

상진과 진구 두 아이가 똑같이 한 말입니다.

"치!"

학래와 재원이 입이 툭 튀어나왔습니다.

"우리는 안 놀아."

학래와 재원이 그만 집으로 가버렸습니다. 상대편이 가버리니까 놀이가 시들해졌습니다.

"야, 진구야, 우리 잿골어른네 참외 도둑켜 먹으러 갈래?"

"뭐? 잿골어른네 참외? 니 정말 죽고 싶어서 그러니?"

"괜찮아, 어떨 때는 원두막을 비울 때도 있어. 우리 살살 가보자."

그런데 이게 도대체 웬 떡입니까? 원두막은 텅텅 비어 있었습니다. 그래도 아이들은 혹시나 싶어서 납작 엎드려 엉금엉금 참외밭으로 들어갔습니다. 달콤한 참외 냄새가 코를 찔렀습니다.

"야, 많이 따. 옷 벗어 소매 안에 담으면 돼."

"알았어. 오늘 먹고 남는 거는 숨겨 뒀다가 내일도 먹고 모레도 먹자."

"그런데 참 이상타. 잿골어른이 어디 갔을꼬?"

훨씬 가까이서 대포 소리가 났습니다. 그러나 상진과 진구는 아랑곳하지 않았습니다.

억새풀이 우거진 풀숲에서 나란히 누워 우적우적 씹어 먹는 참외 맛! 두 아이는 그만 참외 맛에 반해서 시간 가는 것도 잊어버렸습니다.

"상진아!"

"진구야!"

배 두드리며 실컷 먹고 뒤로 벌렁 자빠져 있다가 누군가 부르는 소리를 들

었습니다.

"가만있어. 누가 부르는 것 같은데?"

"우리가 들킨 것 아닐까?"

둘은 움칫했습니다

"이눔들아, 난리가 났는데도 어디서 그렇게 놀고 있어. 이 철없는 놈들아!"

"인민군이 오기 전에 얼른 가야 해. 빨리 이리로 내려오지 못해!"

남은 참외를 얼른 풀 속에 숨기고 엉거주춤 서 있던 두 아이는 눈이 둥그레졌습니다. 큰길에는 마을 사람들로 가득합니다. 흰옷을 차려입은 마을 사람들 모두가 같은 방향으로 급하게 가고 있었습니다. 남자들은 지게나 멜빵으로 시장 갈 때처럼 짐보따리를 지고 있었고 여자들은 머리에 무엇인가를 한 보따리씩 이고 있었습니다.

"찾다가 못 찾으면 그냥 가려고 했다. 이 자식아!"

상진이 어머니가 상진이 등에다가 작은 보따리를 하나 지워주면서 이렇게 말했습니다.

진구도 작은 보따리를 하나 짊어지고 자기 아버지 뒤를 따라갔습니다.

소 때문에 못 가겠다던 재동댁네도 나섰습니다. 어린 소를 두고 가는 재동댁 식구들은 차마 발걸음이 떨어지지 않았지만 어쩔 수 없었습니다.

"으음머 으음머!"

짐을 가득 싣고 송아지를 부르면서 사람들을 따라가는 어미 소의 울음소리가 처량하기 그지없었습니다.

병든 노인이 있는 식이네도 가장 꼴찌로 나섰습니다.

큰 마을을 지나 읍내로 들어가는 갈림길에서 마을 사람들은 많이 헤어졌습니다. 상진네와 진구네도 거기서 헤어졌습니다.

"새동댁요. 어쨌든 탈 없이 피난하고 오소."

"그래야지요. 기내댁도 그저 전쟁 무사히 보내고 오소. 전쟁이 오래 가야 하겠니껴."

상진이 어머니와 진구 어머니가 서로 손을 꼭 잡고 흔들었습니다.

"우르르 쾅."

대포 소리가 아주 가까이서 들렸습니다. 모두 몸을 움찔
했습니다.

　　"얼른 가이소."

　　"예, 얼른 가이소."

그때였습니다. 진구가 등에 진 짐을 내려놓더니 상진에게 달려왔습니다.

"상진아, 빨리 피난 갔다 와서 또 잿골어른네 참외 도둑켜 먹자. 알았제?"

진구가 한 눈을 찡긋해 보이면서 작은 소리로 말했습니다.

"알았어. 숨가 놨던 거부터 찾아 먹어야제."

진구는 상진이 말을 다 듣지도 않고 달려가서 얼른 짐을 챙겨 졌습니다.

여름이 다 지나고 가을의 문턱에서 상진네는 매봉골로 돌아왔습니다. 그런데 말입니다. 어이없게도 상진이 어머니는 같이 돌아오지 못했습니다. 피난을 갔던 작은집에서 어느 날 우물에 갔다 오다가 그만 총에 맞았습니다. 숙모님도 함께 당했습니다. 이쪽저쪽 산에서 서로 총을 쏴 댔는데 그 사이에서 맞았다고도 하고, 총을 메고 지나가던 사람이 일부러 쐈다고도 했습니다. 어쨌든 상진이 어머니는 난리를 피해 갔다가 그렇게 너무나 억울하게 죽었습니다.

마을 사람들이 한 집 두 집 모여들었습니다. 재동댁네도 오고 식이네도 왔습니다. 식이네 할아버지는 병든 몸으로도 무사히 난리를 피해 왔지만 그만 귀한 손자 병식을 땅에 묻고 왔습니다. 총소리와 대포 소리에 놀라 몇 며칠 헛소리를 하다가 죽고 말았다고 합니다. 몹쓸 전쟁은 나이 어린 병식이를 데려갔습니다.

잠깐 왔다 간 전쟁이건만 전쟁은 온 마을을 망가뜨렸습니다. 집집이 아픔을 주었습니다. 혹시나 하고 남겨두고 갔던 소는 인민군이 잡아먹었는지 국군이 잡아먹었는지 한 마리도 없었습니다. 소 뼈다귀들만 삽짝 밖 여기저기에 흉물스럽게 흩어져 있었습니다.

"아부지요. 여기 와 보이소. 진구네 닭이 죽지 않고 살아 있니더."

집으로 돌아온 다음 날 상진이 누나가 진구네 집 뒤 다복솔 밑을 가리키며 소리를 질렀습니다.

"뭐라꼬? 병아리를 깐 진구네 암탉이 살아 있다고?"

"예, 여기 보이소. 병아리가 많이 컸니더."

정말이었습니다. 다복솔 밑에 진구네 암탉이 이제는 많이 커 버린 병아리들을 품고 있었습니다.

"어이구. 용키도 해라. 말 못하는 짐승이지만 저 소나무 밑에서 난리를 피해 새끼를 길렀구먼. 그래, 지놈들도 사람인데 새끼 딸린 어미 닭을 차마 잡아먹을 수 없었겠제."

'진구네 닭은 저렇게도 살아 있는데 어무이는……'

눈물이 나왔습니다. 상진은 아버지 몰래, 누나 몰래 눈물을 훔쳤습니다.

누나도 아버지 몰래, 상진이 몰래 눈물을 훔쳤습니다. 아버지 역시 아이들 몰래 눈물을 흘렸습니다.

아버지와 누나는 진구네 닭을 닭장에 잡아넣고 모이를 주었습니다. 상진이는 아버지가 주고 간 모이가 적을 듯해서 몇 줌을 더 뿌려주었습니다.

부산으로 간 진구네는 돌아오지 않았습니다. 총소리와 대포 소리가 멀리 북쪽으로 옮겨 간 지가 한참 되었는데도 진구네는 영영 돌아오지 않았습니다. 들리는 말로는 진구 아버지와 진구가 폭격에 맞아 죽었다고 했습니다. 시체도 알아볼 수 없을 정도로 처참하게 죽었다고 했습니다. 진구 어머니는 남편 죽고 자식 죽었는데 무슨 낯으로 매봉골에 간다는 말인가 하면서 부산에 눌러산다고 했습니다.

상진은 혼자서 잿골어른네 참외밭에 가 보았습니다. 풀이 우거져서 참외밭인지 풀밭인지 가늠이 안 갈 지경이었습니다. 바랭이 풀 사이 초라한 참외덩굴이 보였습니다. 보잘것없는 참외가 띄엄띄엄 달려 있었습니다. 상진은 참외를 따서 입에 넣고 깨물어 봤습니다. 맛이 없었습니다.

'상진아, 빨리 피난 갔다 와서 또 잿골어른네 참외 도둑켜 먹자. 알았제?'

피난길에서 속삭이던 진구 음성이 들리는 듯했습니다. 한쪽 눈을 찡긋하던 진구가 금방이라도 불쑥 나타날 것만 같았습니다. 상진은 참외를 숨겨두었던 풀숲에 가 보았습니다. 어떤 짐승이 먹어 버렸는지 참외는 보이지 않았습니다.

진구가 보고 싶었습니다. 어머니가 보고 싶었습니다.

상진은 언젠가 어머니가 하던 말이 떠올랐습니다.

"죄를 마이 지으면 하늘에서 벌을 내린다는 거여. 그러이께 사람들은 어쨌든 바른 마음으로 반듯하게 살아야 해. 그러믄 하늘에서 복을 주지. 암 주고말고."

상진은 고개를 흔들었습니다.

어머니가 무슨 죄를 지었을까요? 진구 아버지와 진구는 무슨 죄를 지었을까요? 어린 병식이는 또 무슨 큰 죄를 지었길래 그렇게 죽고 말았을까요? 일만 꾸벅꾸벅 잘하던 소들은 무슨 죄를 지어서 모조리 죽고 말았을까요?

상진은 벌떡 일어났습니다. 손나발을 만들어서 남쪽을 보고 소리를 질렀습니다.

"어무이이이!"

"진구야아!"

상진이 눈에서 눈물이 주르르 흘러내렸습니다.